鈴森丹子
絵◎梨々子
おかえりの神様

目次

おかえりの神様

序章

止まらず、逆らわず、絶えず下へと流れていく川の水。朝のひかりを散りばめたように反射させている水面の上では、人もまた止まらず、逆らわず、絶えず流れるように橋を渡っていく。

残暑の影を色濃く残した薄着で歩く者もいれば、防寒素材を重ね着して冬を先取りしている者もいる十月の始まり。誰もが忙しなく前へと足を繰り出しているなか、人の流れに背を向けるように橋の欄干に凭《もた》れている一つの影。

ふと、その頭上を西から吹いた一陣の風が通り抜けた。

「神渡しか。少々気が早いでござるな」

呟《つぶや》いた刹那《せつな》、視線に気が付いて振り返る。

「おぉ。川の神ではござらぬか」

人の流れからスッと抜け出すように現れた川の神は、顔に悪戯《いたずら》な笑みを浮かべて首を傾げた。

「はて。見知り越しのお顔に足を止めんしたが。どちら様でありんしょう」

「またそれか。確か前に会った時も、そのような冗談を言うておったな」

「十年前の事など忘れんした」

「ほぅ。十年振りか」

その言葉は、十年という長い歳月を感じさせない、なんとも軽い調子だった。

「頭が少々乱れておいでで。山の神殿」

「うむ。先刻、気の早いどこぞの神が、それがしの頭を掠《かす》めて出雲《いずも》へ渡って行きおったのだ」

残像でも追うように頭上を見上げる山の神の視界を、一羽のカラスが横切っていく。

「神渡しが吹きんしたか」

隣に並んだ川の神は、然《さ》程《ほど》の関心を示さない口調で返してから欄干に背中を預け、目の前を流れていく人の群れを悠長に眺めた。

「人の世を自由に彷徨《さすら》い、気ままに人に寄り添うわちきら浮遊神には関係のない事でありんす」

「如何《いか》にも、そのとおりだな」

「それにしても山の神殿とは、よう会いんすなあ」

「それがしの山と、おぬしの川は繋《つな》がっておったのだから。自然に引き合うも理《ことわり》だ」

「川も山も、四百年前に消えんしたが」

「これも縁《えにし》にござろう」

「いつこの街に来んしたので？」

「今しがたでござる。おぬしは？」

「わちきもでありんす」

電車も、車も、時間でさえも。動くものすべてが慌ただしいなか、橋の隅で止まっている神様達は風景の一部と化し、誰の目にも留まることはない。

「ちいと前に、通りすがりの縁結びの神に声を掛けられんした」

「ナンパでござるか？」

「暇しているなら、一人でもいいから縁を結んできてほしい、と。この辺りは良縁を望む者が多いようでありんす」

「なんだ。さようか」

「自由気ままなフリーランスであっても神である以上、悩める人に寄り添うのが務めでありんす」

「うむ。縁結びか。それもよかろう」

十年振りの再会もつかの間。どちらからともなく互いに背を向けた神様達はそのまま歩き出し、人の流れの中に消えていった。

同居の神様

人は困った時に神頼みをする。

勉強ができない時は勉強の神様に。仕事で苦しんでいる時は仕事の神様に。恋愛に悩んでいる時は恋愛の神様に。世の中には様々な神様が存在する。

誰でも一度はこんなフレーズを口にした事はないだろうか。

「あぁ神様」「助けて神様」「お願いだからなんとかして神様」

でも私は神様なんて信じない。

だって幾度となく願ってきたけれど叶《かな》った事なんて一度もないのだから。所詮、神様というものは人が望んで欲して出来上がった都合のいい想像や空想の産物だと思っていた。

世の中には何とも厄介な神様が存在している事など知らなかった。

そう。出会うまでは。

私、神谷千尋《かみやちひろ》の十月十日はなんともついてない日だった。

その日の朝は前触れもなく唐突に壊れた目覚まし時計のせいで寝坊から始まり会社に遅刻。普段は優しいのに虫の居所が悪かったらしい上司にこっ酷く叱られ、慌てて着て来た服が後ろ前になっているのを呆《あき》れ顔の後輩に指摘され、入社した時から気になっていた先輩、崇司《たかし》さんに告白する決意を同期の天野《あまの》に明かしたら「崇司さんなら最近彼女できたらしいよ」と言われ、取引先との会議が中止になって書類作成に費やした三日間が無駄に終わり、やけ酒でも飲みに行こうとしたらペナルティだと残業を言い渡され、一人オフィスに残っているとメンテナンスで照明と空調を落とされた。

　その時点でもう私は泣きそうになっていたのに、電車に乗ったら性質《たち》の悪い酔っ払いに絡まれた。

　いつものコンビニに寄ると、鮭《さけ》弁当の気分だったのに豚カツ弁当しかなくて、仕方なく鮭おにぎりとレジに置いてあったチョコレートを衝動的に買う。小銭がなくて一万円札を出したら、いつも会う人とは違う目つきの悪い男性店員に露骨に嫌な顔をされて舌打ちまでされた。とぼとぼと歩きながら口に放り込んだチョコレートは不味《まず》かった。

　前を向く気力がなくて俯いていたら電柱に衝突し、その弾みで倒れた先はごみステーション。

　あぁ神様。こんな私はごみだと言いたいのか。

　惨めな私を助けて神様。今にも泣き出しそうな私を助けて神様。なんとかしてよ。

なんでもいいから、神様。

本当にいたらいいのに、神様。

見上げた夜空は墨汁《ぼくじゅう》を塗りたくったみたいに真っ黒で、月も浮かばず星の一つも出ていない。涙が出るほど臭いごみの山から這《は》いずる様に脱出した時、今日が二十四歳の誕生日であったのを思い出した。

人恋しくなって天野に電話するも繋がらない。田舎の友達の番号を出すも最近変わった名字に委縮してしまう。他に友達はいない。誰かの温もりが欲しい。慰めてもらいたい。このまま一人でいるのは辛すぎる。もう人でなくたっていい。野良猫でも捨てられた犬でも連れて帰りたい。しかしそんな都合よく猫も犬もいなかった。

でも狸《たぬき》ならいた。

何故《なぜ》こんな住宅街のど真ん中に狸が？などという疑問も持たずに躊躇《ためら》う事なく拾い上げる。理性など完全に失っていた私はそのまま自宅に向かう。途中ですれ違ったおまわりさんには声もかけてもらえなかった。狸を抱きながら号泣している女にかける言葉が思い浮かばなかったか。職務質問で最悪な誕生日に止めを刺されなくて済んだのは不幸中の幸いだった。

狸と一緒にお風呂に入り、狸と一緒におにぎりを食べて、狸と一緒に眠った翌朝。

理性を取り戻した私は枕元に立つ狸にギョッとした。

「……そうだ。拾って来たんだっけ」

さっきから、なにかもさもさとした物が顔に当たると思ったら狸の尻尾だった。ぶんぶんと振り子のように振っては私の顔を叩《たた》いている。起き上がって目覚まし時計を確認した私は、しっくりこない時刻表示に首を傾げた。床に転がっているリモコンを拾い上げてテレビを点けると毎朝見ている番組の顔と時刻が映る。

「わ。もうこんな時間！」

目覚まし時計は壊れていてデタラメな時刻を示している。これのせいで昨日は遅刻してしまったのをすっかり忘れていた。

急いで顔を洗い、歯を磨き、パジャマを脱ぎ捨てて服に着替える。軽く化粧をしながら服が後ろ前になっていないかチェックする。

大丈夫だ。時間はギリギリセーフ。助かった。二日連続の遅刻は回避できそうだ。

「起こしてくれてありがとう！」

食べてね、と田舎から送られてきたリンゴを一つ狸の前において家を出た。

昼休みに入った蕎麦《そば》屋。よく見かける常連なおじさん達に囲まれながらとろろ蕎麦を食べていると、天野がやって来て向かいに座る。

同じのを、とおばちゃんに注文してから可愛くラッピングされた箱を取り出した。

「誕生日、昨日だろ？　一日遅れだけどプレゼント。ディナーでも奢《おご》ろうと思ってたのに神谷、残業だったから」

「天野ぉ！」

箱には私の好きな黄色のリボンと、私の好きな店のロゴ。涙が出そうになって堪えていたら口からとろろが出た。

汚いなぁと顔を顰《しか》めながらもティッシュを取ってくれる天野は、田舎《いなか》の短大卒である私とは違い有名大学を出ている。入社時は期待の新人と持ち上げられ、今はその期待を裏切らない活躍をして異例の出世を遂げている。会社での地位は既に雲泥の差があり、同期の誼《よし》みがなければこうして一緒にランチをする事もないだろう。

「で。崇司さんの事はどうするの？」

「んー。せっかくいい気分で食べてたのに」

私が好きな先輩、崇司さんには既に彼女がいる。衝撃の事実を知った昨日の今日でその話はよしてほしい。

「告白しないのか？」

「そんな度胸が私のどこにある？」

知りたくなかった。知らないまま思いを伝えて玉砕した方がまだマシだったかもしれない。私の場合は、なにも出来ずに失恋するパターンが一番引きずるのだ。同じ職場で毎日顔を合わせる相手なら尚更だ。

「崇司さんモテるから、そういう人がいてもおかしくないって今なら思うのに」

「神谷、崇司さんばかり見て現実見えてなかったかも」

図星を指されてはなにも言い返せない。

「ちやほやされてた十代とは違うんだから。頑張れ。神谷」

生まれてこのかた、ちやほやなどされていた時期が一度でもあっただろうか。記憶にございませんが。

「応援どうも」

余計なお世話だ。

「天野の方こそ、どうなの。まだ彼女とかいないの？」

「外面《そとづら》良くしてるだけ」なんて言っているけれど、人当たり良く男女関係なく人気がある天野にずっと恋人がいないのは謎《なぞ》である。

「いつまでもモテ期は続かないんだから。早くつくりなさいよ。天野」

「そうしたいんだけどね。まぁ、頑張るよ」

余裕だねぇとぼやいて箸《はし》を置く。失恋したって完食してしまう私はなんて可愛げのない女なのだろう。

お腹が満たされたところで、ふと気が付いた。なにか重要な事を忘れているような気がする……。

天野のとろろ蕎麦が運ばれてくるのと同時に、隣に座ったおじさんが狸蕎麦を注文した。

「あ……」

唐突に声を漏らした私に天野が首を傾げる。

「どうかした？」

「う、ううん。なんでもないよ」

崇司さんの事で埋め尽くされていた頭の中。『狸』のキーワードを耳にした途端、隅に追いやられていた獣の影が一気に膨らんで飛び出してきた。

仕事を終えて帰路についた私の頭の中は、家に残してきた狸の事でいっぱいだった。

思わず持ち帰ってしまったけど、この後どうしたらいいだろうか。

飼う？

狸って許可無く飼っていい動物だっけ。待てよ。そもそも私の住んでいるアパートはペット可だったっけ。これまでペットを飼った事がない私がいきなり狸など飼育出来るだろうか。いやいや。無理でしょ。

山に返す？

何処《どこ》の山に？　この辺はあって緑地公園だ。山なんてない。一体どこから来たんだろう、あの狸。

食べちゃう？

そろそろ鍋の季節だし？　無理。絶対無理。魚もおろせない私に生きた狸をおろせるわけがない。

解決策が見つからないまま家に着いてしまった。

この扉の向こうには狸がいる。

玄関を開けたら狸が「おかえり！」と駆け寄ってくる夢のシチュエーションを想像しながら鍵を差し込みドアノブを回す。しかし狸は来ない。当り前だ。靴を脱いでいると「おかえり」と部屋の中から男の声がした。

咄嗟《とっさ》に思いついたのは兄だった。地元に根付いた兄が東京へ遊びに来た時などに何度か泊めてあげたことがある。でも合鍵なんて渡してないし、そもそも靴がない。まさか泥棒？　いや違う。泥棒が「おかえり」だなんて言うはずがない。空耳《そらみみ》？　でも確かに聞こえた。はっきり聞こえた。

恐る恐る部屋を覗《のぞ》く。

「……え？」

そこには狸以外誰もいなかった。しかし私は驚愕《きょうがく》に目を見開いた。

「どういうこと……？」

干しっぱなしだった服や、脱ぎ捨てたままだったパジャマがベッドの上できれいにたたまれている。いつの間にやったんだ私。朝はバタバタしていてそんな暇はなかった筈《はず》なのに。

「やっぱり泥棒？」

部屋を片付けてくれる泥棒なんて聞いた事ないけど。

「なぬ。泥棒？」

また声がした。それもかなりの近距離で。

誰かいる。絶対いる。すぐさま狸を抱えて化粧瓶を握った。いつ襲われても対抗出来るように化粧瓶を振り上げながら部屋の中を見回す。ベッドの下。テーブルの下。

それくらいしか人が隠れる場所はない。

　でも誰もいない。

「震えておるぞ。大丈夫か？」

「大丈夫じゃない。めっちゃ怖い」

「そのように怖い顔をして。いかがした？」

「だって泥棒が！」

「それがし、ずっとここにおったが。そのような不届き者は見てござらん」

「だったら誰が……」

　あれ。と声のする方を見る。目があったのは脇に抱えた狸だった。

「何を見ておる。それがしは泥棒ではござらんぞ」

　声は口を動かした狸から聞こえる。

「……嘘《うそ》でしょ」

「まことでござる」

　狸がしゃべっている。狸がしゃべっている？　狸がしゃべっている！

「それより喉が渇《かわ》いた。お嬢。すまぬが冷蔵庫にジュースがあった。一杯くれぬか？」

「は、はい……」

化粧瓶と狸をそっと戻してとりあえず従う。

「なんで冷蔵庫の中知ってるの？」

「そうだ。チーカマ一本もらい申した」

確かにチーズかまぼこが減っている。狐につままれたような心持ちで狸にジュースを出す。狸は買って来たコンビニの袋を開けている。

「鮭弁とな。昨日も鮭を食したではないか」

おしぼりで入念に手を拭きながら文句を言いつつ蓋を開け、小さな手で器用に割り箸を割ってみせた。

「では。ご相伴《しょうばん》にあずかろう。いただきます」

食べだした。一応買ってきたキャットフードには目もくれない。

「あのぉ……」

「帰ってきたら手洗いうがい。基本にござろう。それと風呂にも入られよ。タバコの匂いがキツイでござる」

私は煙草を吸わないが、ヘビースモーカーの課長と喫煙ルームで少し話した事を思い出す。

整理がつかないまま言われたとおりに手を洗いうがいをし、お風呂に入る。部屋に戻ると弁当は既に空になっていた。

「お嬢はいつもこんな味の濃いものを食しておるのか。自炊もしない。片付けもしない。嫁に行く気がないとみえるが。これ如何《いか》に」

「狸……さん。もしかして妖怪か何かの類《たぐい》だったりする？」

「それがしは狸でも妖怪でもござらぬ。お。これは？」

勝手に私のバッグを物色しだした狸が、天野からもらったプレゼントを見つける。

「プレゼント」

「なんと。気が利くではないか」

「私のだよ」

「さようか」

「友達からもらったの」

奪い返した箱を開けると、中から出てきたのはハート模様がかわいいガラス製のキューブオルゴール。ねじを回すと動き出したシリンダーに櫛《くし》状の金属板が弾かれて音楽を奏でる。なんてきれいな曲だろう。どっかで聞いたことある気がする。曲名は知らないけれど。

「オルゴールとはなかなかセンスの良い友でござるな」

「うん。嬉《うれ》しい」

ご飯奢ってもらうより、こっちの方が良かったかもしれない。

「さて。それがしも風呂に入るでござる。タオルどこ？」

「ちょっと待って。まさか泊まってくの？」

しゃべる妖怪狸を飼う気はない。

「いかにも」

「そんなの困る」

「呼んでおいて今更何を申すか」

「呼んでないよ！」

「白々しい。昨日、助けて～と、それがしを呼んだではないか。だからこうして参ってやったというに」

思い出したくもない昨日の事を思い出す。夜のごみステーションの中で確かに私は助けを求めていた。けれどそれは――

「私は、神様助けてって言ったの」

そう。神頼みだ。妖怪狸に頼んだ覚えはない。

「それがしを何と心得る。神様でござるぞ」

狸が神様だと言い出した。

「…………」

「その目。信じてなかろう」

「狸じゃん」

「神様にござる。山の神にござるぞ」

「や、山？」

「うむ。昔話で御存じ、有名なお爺《じい》さんが柴刈《しばか》りをしたと語り継がれる名高い山の神様にござるぞ」

背景に「えっへん」というオノマトペが見えそうなほど胸を張っている。昔話でお爺さんが山へしばかり云々とはよくある話だ。どや顔なところ悪いんだけど一体その山どこの山？

「そうですか。お呼び立てして申し訳ありませんでした神様。もう私は大丈夫ですので山へお帰り下さい」

「殺生な。何処へ帰れと申すか。それがしの山などはとっくの昔に、欲深い人間どもによって切り崩されておるというのに」

え。そうなの？　名高い山なのに？

「それは……ごめんなさい」

人間を代表して謝る。

「それに、ここにそれがしを連れて来たのは他でもない。お嬢でござる」

「それは……ごもっともだけど……」

「もはやお嬢に拒否する権利はないでござる」

「食べる権利はあるのかな」

「なんと。それがしを食すと申すか！　お、鬼でござる。人の面を被った鬼でござる！」

「そんなに怯《おび》えないで。ごめんなさい。冗談だから」

短い手足を震わせながらそっと後ずさる狸に「臭そうだしやっぱ無理」と思った事は言わないでおこう。妖怪であれ神様であれ、追い出したり、ましてや食べてしまったりなんかしたらきっと祟られるに違いない。

私は我が家で一番ふかふかなタオルを差し出した。

こうして私と神様？との生活が始まった。

◆

同居二日目と三日目。休日の二日間はキレイ好きらしい神様に半ば強制的に大掃除をさせられて終わった。

同居四日目。珍しく合コンに誘われたけど断って帰路につく。

いつものコンビニで弁当を二人分買うと、いつも会う顔馴染みの店員が意味ありげな目をよこしてきた。勝手に推測されても期待には応えられませんので。

玄関を開けて部屋に入ると明かりの点いたワンルームで狸が待っていた。

「おかえり」

「た、ただいま」

二十一歳で実家を離れ、上京してからずっと一人暮らし。初めて「ただいま」を言った相手は狸。

「年頃の女子《おなご》が合コンにも行かずに真っ直ぐ帰ってくるとは。なんと侘《わび》しいものか」

自称神様の妙な狸が家にいてはおちおち遊びにも行けやしない。

「狸さん。焼き肉弁当とハンバーグ弁当、どっちがいい？」

仕事の休憩時にさくっと狸の餌《えさ》を調べてみたが、狸は雑食でなんでも食べるとあった。箸も問題なく使えることだし弁当でいいか、と安易な考えで買ってはきたけれど、二夜連続して鮭だったから気を使って魚は避けた。

「狸ではござらん。それがし神様でござる」

神は自分に「様」を付けるものだろうか。「俺様」みたいなものだろうか。狸、じゃなくて神様はじっくり悩んで迷った末に焼き肉を選んだ。

「して。お嬢には料理を作ってやる相手はおらぬのか？」

神様にはわかるまい。瘡蓋《かさぶた》になる前の傷口に塩を塗りこまれるこの痛さ。黙っていると「そうであろうな」と勝手に納得された。

「部屋をみれば一目瞭然。男の気配など皆無でござる。色気のなさはブラジャーからも滲《にじ》み出ておるわ」

室内干ししている下着を憐《あわ》れむように眺める神様。慌ててしまい込んだタンスの中には同じような下着が並んでいる。

「見せる相手がおらぬからして機能性ばかりを重視した色気のない下着ばかりを買うようになるのだ。なんと恐ろしいことか」

「うるさい。見せたい相手ならいるんだから」

咄嗟に言い返した自らの言葉に怒りが鎮圧される。なんて不細工なフレーズだろうか。

「すまぬが。それがし、そのような色気のないブラジャーを見せられたところで――」

「あなたの事じゃないから謝らないでくれるかな」

なんでもいい。と、見境無く狸を拾って来た私だけれど。短大時代になんとなく付き合った彼氏と自然消滅して以来ずっと恋人のいない私だけれど。失恋したばかりの私だけれど。

まだ女を捨てる気はないのでござる！

◆

同居五日目。珍しくカラオケに誘われたけど断って美容室へ行き髪を切った。

帰りに新しい靴と洋服を買い、最後にランジェリーショップにも寄って最新の下着も買った。沢山の荷物を抱えていつものコンビニで二人分の弁当を買う。顔馴染みの店員の、探るような目を掻《か》い潜りアパートへ帰る。

「おかえり」

「ただいま」

お茶を淹《い》れて、小さなテーブルに生姜《しょうが》焼き弁当と煮魚弁当を並べる。クッションに乗ってテーブルに身を乗り出した神様は五分ほど悩んでから「いただきます」と、箸を手にとり生姜焼き弁当の蓋を開けた。

「して。その髪はいかがした」

「あ。気付いてくれたの狸さん」

「それがし神様でござる」

たとえ狸相手でも、新しいヘアスタイルに気が付いてもらえるのは嬉しい。でも、そんな事で気を許してしまうなんて私はまだどうかしているのかもしれない。

気がついたら崇司さんの話をしていた。

片思いしていた事。崇司さんには彼女がいて告白も出来ずに失恋した事。崇司さんの好みだと聞いて伸ばしていた髪を切った事。崇司さんが褒めてくれたファッションブランドとは別の靴と洋服を買った事。

神様は小さな手で器用に箸を使って生姜焼きを食べ、時折り「ほう」とか「うむ」とか適当な相槌《あいづち》をうっている。下着を買った事は言わなかった。

「お嬢はそれでタカシとやらへの未練を断ち切ったのでござるな」

「まぁね。男は崇司さんだけじゃないもん」

「さようか。そう言えばお嬢に荷物が届いておった。これでござる」

「人の荷物を勝手に開けないで。注文してた新しい目覚まし時計だ。良かった。スマホのアラームじゃなかなか起きられないんだよね……あれ。荷物どうやって受け取ったの？」

玄関には鍵をかけてあったはず。小さな狸に解除は出来ないだろうし、ドアを開けたとしても配達員が狸相手に荷物を置いていくはずはない。

「ハンコの場所なら知っておる」

「なんで知ってるの。ってゆーかハンコ捺《お》したの？　どうやって？」

「なに。そんな事も知らぬのか。ハンコを、こう、朱肉に押し当ててだな」

「そうじゃなくて。狸が荷物を受け取れるはずがないでしょ」

「それがし神様でござる。しかし人間の世においては人間の姿でなければ面倒な事も多い」

「もしかして、人間になれたりするの？」

「いかにも」

「すごい。やって見せて」

「よかろう」

神様はどこからか取り出した葉っぱを頭に乗せると、ぽっこりとしたお腹を三回リズミカルに叩いた。

次の瞬間。狸は姿を消し、代わりに現れたのは人間の男。

「いかがした。鳩が豆鉄砲を食らったような顔をして」

「……その声はやっぱり狸さん。いや、なんか思ってたのとちょっと違うから……」

「それがし神様でござる。異なことを申すな」

「だって。ちょんまげとか。着物とか。てっきりサムライ的な人が出てくるもんだとばかり……」

確かに神様は人間になったけれど——

「普通の人じゃん」

そこにいたのは茶髪にデニムパンツを穿《は》いた、どこにでもいそうな男。年は二十歳前後といったところか。ピアスにネックレスまで着けている。独特な言葉使いからして想像を勝手に膨らませた私が悪いのかもしれないけれどガッカリ感は大きい。しかしよく見てみると、甘い顔立ちがちょっとかっこいいかもしれない。

ふと、拾って来た日に一緒にお風呂に入った事を思い出す。

「お嬢。顔が赤いようだが」

「なっ。なんでもない。それより、葉っぱなんてどこから持ってきたの。何だか嫌な予感がするんだけど？」

「あれだ」

　神様が指差した先には観葉植物のパキラがあった。

「嘘でしょ。大事に育ててるのに。減ってる。葉っぱが減ってる！」

　言われてみれば水をやった時に、なんとなく違和感があった。どうして気が付かなかったんだろう。

「いけなかったか」

「これは大事な物なの。入社した時にオフィスは殺風景だからって崇司さんが私のデスクに置いてくれたやつなんだから！」

「嬉しさのあまり大事に育て過ぎて大きくなって文机に置けなくなり、やむなく持ち帰りこの部屋で育てておると、そんなところでござろう」

「そんなところだよ！」

「なんとも未練がましいでござるな」

「うぐっ……」

　男は崇司さんだけじゃない。でも、崇司さんはこの世に一人しかいない。口では前向きな事が言えるようになったけれど、まだ新しい恋へと気持ちを切り替えるには時間が必要みたいだ。

「使ってください」

「よいのか。ならば頂戴いたす」

こうして私は思い出の品とも決別。神様には毎朝の水やりという日課がついた。

◆

同居六日目。珍しく飲み会に誘われたけど断ってスーパーに立ち寄り食材を買う。いつものコンビニを素通りし、清掃中だった顔馴染みの店員の確信したような目を掻い潜り帰宅する。「おかえり」「ただいま」のやりとりも自然になってきた。

「お嬢。弁当がないではないか」

「大丈夫。ご飯なら私が作るから」

「昨日あれだけ買い込んだのだ。さぞ財布も軽かろう」

「お察しの通りで」

今月自由に使えるお金は殆《ほとん》ど使ってしまった私にはコンビニ弁当も贅沢品《ぜいたく》だ。

小さなキッチンに立ち、あまり使った記憶も痕跡もない調理道具を取り出して料理に取りかかる。テレビを見ながら粘着ローラーの付いたクリーナーをあちこちでコロコロさせている神様を背に、作業すること一時間。

「できたよ」

「なかなかうまそうではないか。いただきます」

いただきます。子供の頃は当たり前の儀式として言っていたこの言葉も一人暮らしを始めてからは言わなくなっていた。子供の頃つい言い忘れた時に、作ってくれたお母さんと、命を繋いでくれた食材への感謝の気持ちを忘れるな、と父に叱られ初めてその意味を知った。神様と一緒に手を合わせてみると食する事が出来る感謝の気持ちがぽっくりと胸に湧く。手間はかかるけど自炊も悪くはない。神様は小さな手でスプーンを掴《つか》むと一口頬張った。

「……お嬢。これは何でござるか？」

「へ。カレーライスだけど。知らないの？」

「それがし、このような不味いカレーなど知らぬでござる」

失礼だなぁと反論するも一口食べたらその意味が分かった。

「なにこれ。ちゃんと作り方見てやったのに。お母さんがいつも使ってたのと同じカレールゥ使ったのに。なんでなの？」

「こっちが聞きたいでござる。わっぱでも作れるカレーをいかようにしたならばこんなにも不味く作れるのか」

「んー。おかしいな。こうなったら最終手段！」

「お嬢。なにをかけているのでござるか？」

「マヨネーズ」

「なんと。よせ。はやまるでない！」

「よし。うん。これならイケるよ。食べてみて」

「戯言《たわごと》を申すな。こんなもの食えるわけが………あれ。食えるでござるな」

無事に完食した。

空っぽになったお皿を見て気をよくした私は神様に天野の話をした。

「初めて会ったのは会社の面接会場。席が隣だったから覚えてたんだよね。入社日に再会しておしゃべりしたら気が合って。二人だけの同期ってのもあって。それから仲いいの。あのオルゴールくれたのも天野なんだよ」

「あぁ。あのオルゴールか」

「うん。女子力が高くてね。ラーメン食べる時なんか、猫舌だし音を立てるのが恥ずかしいからって啜《すす》って食べないんだよ。パスタ食べる時みたいに麺をレンゲに乗せてフーフーしてるんだから。こっちじゃ友達って言えるの天野だけなんだよね。天野にならなんでも話せるし」

　しゃべる狸と同居してる。なんて、これはさすがに言えないけれど。

「会社の女の子達とも普通には話すんだけど、みんな地味な私とは違って華やかだし、婚活の一環だとかで毎日手の込んだお弁当作ってきてるからランチの輪にも入れないし、天野みたいに心置きなく話せる人はいなくって」

「さようか。ところでさっきからなにをしているのでござるか？」

「狸さんの寝床を作ってるの」

「それがし神様でござる」

「前に実家からフルーツの盛り合わせが送られて来た時のカゴなんだけど。ここにブランケットを敷きつめれば。ほら。完成」

「神様をこんな窮屈な籠に入れると申すか」

「神様の特等席でございます」

「さようか。では入ろう」

　これでも一応嫁入り前の乙女なので。人間に化けたあの姿を見てしまったからには一緒にベッドに入るのは抵抗がある。神様はカゴが気に入ったようで背中を丸めると間もなく寝息を立てだした。

◆

同居七日目。珍しく食事会に誘われたけど断って会社を出た。節約中の私には帰る以外に選択肢はない。はずだった。

予測もつかない出来事が起こったのは、神様が待つアパート目指して電車に乗り込んだ直後の事だった。

「おかえり。遅いではないか」

「ただいま。ごめんね。すぐご飯作るから」

備蓄していた菓子類が無くなっているのを見て少し罪悪感が払い落とせた。有言実行。すぐに用意できた食事をテーブルに出す。神様は「いただきます」と箸を手に食べ始めた。

「お嬢は食べないのか？　昨日の残りでこしらえたこの、いまいちなカレーうどん」

「いまいちとか言わないでよ。私は食べてきたからいい」

「なにやら落ち着かぬな。腹が減っておるのなら半分やるぞ。このいまいちなカレーうどん」

「いいってば。シャワー浴びてくる」

マヨネーズと七味をかけてあげると神様は文句を言わなくなり黙々と食べだした。シャワーから出てくると汁まできれいに飲み干して完食していた。

「お嬢。風呂に入りたいのだが背中を流してはくれぬか。手が届かぬからして洗えず痒いのだ」

「人間になって入れば。そうしたら手は届くでしょ」

「そうしたいところがだ、狭い風呂には小さい体が理に適うておろう」

「狭いとか言わないでよ。これでもここは私の城なんだから」

城にノミを繁殖させられても困るので洗ってあげることにした。

小さくて愛らしい程の無防備な背中に気を許した私は、今日の予測もつかない出来事を話した。

元カレから電話が来たのは本当に急だった。混み合った電車に乗車中だった私は慌てて次の駅で降りたが、久しぶりに聞くその声に只々《ただただ》驚くばかりで暫くホームに立ち尽くしていた。地元で付き合っていた元カレはいつの間にか上京していて、偶然にも近くに住んでいる事が判明した。

「気持ちは分かるんだ。私もこっちに来た頃は寂しくて田舎の友達によく電話してたから。会おうって言われて、近くのコンビニで待ち合わせしたの」

終わりの言葉もなく終わっていた元カレは「久しぶり！」と、まるでつい先週まで会っていたかのような軽々しさだった。戸惑いつつも顔馴染みの店員の窺《うかが》う目を掻い潜り私達はコンビニを出た。

「それから、彼の車でイタリアンレストランに行って、近況報告しながらご飯食べたんだ」

私にとっては初めての彼氏だった元カレ。付き合っていた頃を思い出さずにはいられなかった。学生だった私達が社会人になっている。ファミレスが常だった私達がおしゃれなレストランに来ている。奢ってくれたのも初めてだ。浮き彫りになった違いに短くはない年月を感じた。

「また会おうって約束したの。昔の恋人と友達になるって話はよく聞くし、嫌いで別れたわけじゃないし、これもアリだなって思ったんだけど。帰りにね……やりなおさないかって言われちゃって」

思いがけない申し出に、なにも言えずに帰って来てしまった。

「タイミングが悪いよ。勿論《もちろん》、彼は知らないんだけどね。私が失恋したてだって事は」

「逆だ。いいタイミングではござらぬか。タカシを忘れさせてもらえばよかろう」

泡を流した神様は浴槽をよじ登ってお湯の中にダイブした。溺《おぼ》れるのではと心配したが、顔とお腹を水面から出してぷかぷかと浮いている。

「それじゃ、まるで彼を利用するみたい」

「そやつとて同じだ。寂しいからお嬢が必要なのであろう。互いに利用しあうのも人でござる」

神様の言う「人」という響きが妙に胸に刺さった。恋人の始まりは必ずしも純粋な想いとは限らないのかもしれない。

「……気持ち良さそうだね。温水プール」

なんだか気が滅入りそうで話題を変える。

「うむ。悪くはないが。昨夜はついうとうとして危うく溺れるところでござった」

「そうなの？」

「人では狭くて敵わぬが、この体では深すぎるのだ」

かと言って湯を減らせばすぐに冷めてしまう。

「お嬢。広い風呂のある家に越したらどうか？」

広いお風呂のある家にあなたが越してください。

「そんなに言うなら銭湯に行けば？」

「なぬ。あるのか銭湯！」

「うん。ちょっと歩くけど」

城の浴槽が神様の溺死《できし》現場になっては困る。それに、いつも部屋をきれいに掃除してくれている神様の「広い風呂に入りたい」というささやかな願いくらい叶えてあげてもいいだろう。

「お金かかるから毎日は無理だけど、たまにならいいよ」

すると神様はバシャバシャと激しい水飛沫《みずしぶき》をあげながら万歳を連発しだした。

「そんなに嬉しいんだ」

「ちがっ。違う。はひっ。助けぷへっ！」

「……あれ。もしかして溺れてる？」

「あひっ。あああ足攣《つ》ったでござる！」

「えぇ！」

慌てて神様の体を両手ですくい上げた。

「危なかった。狸さんも足とか攣るんだね」

「それがし神様でござる」

「神様も足とか攣るんだね」

「みなまで言うでない」

　恥ずかしかったのか、タオルを頭からすっぽりと被ってそっぽを向いてしまった神様。そっと浴室を後にして部屋に戻った私は迷わずインターネットで子供用の浮き輪を注文した。

◆

　同居八日目。午後の会議を断り、昼間の空いている電車に乗る。

　いつものコンビニには顔馴染みの店員の姿はなく、代わりに見覚えのある目つきの悪い店員がレジに立っていた。誕生日に一万円札を出して舌打ちされた記憶がぼんやりと脳裏に浮かび上がる。恐る恐る覗いた財布にあった小銭にほっとしながら会計を済ませた。

　通い慣れた道も、通る時間が違うだけで雰囲気がまるで違って見える。平日の昼間に帰ってくる玄関なんか歪《ゆが》んで見える。目眩《めまい》までする。

「おかえり。今日は随分早いではないか」

「ただいま。熱があるから早退させてもらったの。風邪ひいたみたい」

買ってきた風邪薬を飲み、体の芯《しん》から冷えるような悪寒に堪らずベッドに潜り込む。

「狸さんにも風邪ってうつるのかな」

「それがし神様でござる。神様は病気などせぬ」

「よかった。夜まで寝るから。それでも食べてて」

神様がレジ袋に顔を突っ込み肉まんを取り出すところまでは記憶にあったけれど、気がついたら夜になっていた。

薬が効いたか熱は下がり食欲もある。玉子粥《たまごがゆ》くらいなら作れるなと立ち上がった時にスマホが鳴った。天野がお見舞いに近くまで来ているのだという。しかし、近所には似たようなアパートが点在しているために迷っているらしい。

厚手のパーカーを羽織ってコンビニまで迎えに行くと、スーパーの袋を両手に提げた天野がいた。プリンを買ってもらい、顔馴染みの店員の訝《いぶか》る目を掻い潜ってアパートへ戻った。

「実はね。ペット飼ってるんだ」

特等席で丸くなっている神様を見て天野は一瞬ギョッとしたが、それでも「こんばんは」と背中を撫《な》でてスキンシップを図りだした。

「名前は？」と聞かれて咄嗟に「ポコ侍《ざむらい》」と答えた。物言いたげにじろりと私を見上げた神様はぐっと口を噤《つぐ》む。焼き肉をご馳走《ちそう》するかわりに、しゃべらないと公約させてあるのだ。

「キッチン借りるよ」

天野は手際よく料理をはじめた。そして出来上がったのはとん汁。

「おいしい。天野はいつ結婚しても困らないね」

「相手がいればな。それよりさ、ポコ侍がヨダレ垂らしてるんだけど。もしかして食べたいのかな。あげてもいい？」

神様の口に入るように天野は具を小さく切ってから与えた。箸を使って食べ始めた神様に天野は驚きを通り越して笑いだす。

「思ったより元気そうだな」

「うん。ただの風邪だし」

きっと元カレの事を考え過ぎて知恵熱出ただけだし。治ったら天野に相談してみよう。

「デスクは散らかってるのに部屋は片付いてるんだ。意外」

そういえば私の部屋に天野が来たのはこれが初めてだ。

「う、うん。まぁね」

キレイ好きな神様が片付けてます。とは言えない。なんかごめんなさい。

「あのさ。神谷、もしかして彼氏でもできた？」

「それ、どういう意味？」

「まわりが噂《うわさ》してるんだよ。服装や髪形が変わったし、付き合いも悪いってさ」

「最近やたらと誘われるんだけど、なんでだろう。ポコ侍が心配だから帰ってるだけだよ。それに服も髪も崇司さんの好みをやめたってだけ。天野なら分かるでしょ」

「それなんだけどさ……」

「なに？　もしかして崇司さん怒ってた？　やっぱり会議だけは出たほうがよかった？」

「いや。それは問題ないけど。前に話した崇司さんの話は覚えてるよね？」

「彼女が出来たって話？」

「そんなこと言ってない」

「……え？」

「また勝手に聞き間違えてる。僕は、崇司さんには好きな人ができたらしいって言ったんだよ」

「なんだ。同じ事じゃん」

「その崇司さんの好きな人っていうのが神谷でも、そう言える？」

「へ……？　わ、私？」

「今日、信也《しんや》さんに言われた。協力してほしいって」

　信也さんとは、崇司さんの同期で天野の直属の上司でもある。

「最近、誘われる事が多いだろ。あれ、信也さんの企み。崇司さん、チャラそうに見えて実はシャイだから周りと一緒に神谷を誘ってたってわけ。でも悉《ことごと》く断られて難航してるから恋人がいるんじゃないか、聞いてこいって。陰でこそこそするのは嫌いだから正直に話そうと思って」

「え？　なに？　待って。ちょっと待って」

　崇司さんが私を？　そんな馬鹿な。当事者だよね私？　あまりに想定外な内容で脳に入ってこない。まるで他人事のようで全く馴染んでこない。

「正直に話し過ぎだよ。そんな事急に言われても。うわ。どうしよう。どんな顔して崇司さんに会えばいいの。会社行きづらい。休んじゃおうかな」

「月曜日の打ち合わせまで休んだらさすがに怒られるだろうね」

「そんなぁ。やっと気持ちの切り替えがつきそうだったのに」

じくじくしていた傷が、やっと瘡蓋になったところなのに。

「それじゃ。帰る」

「嘘でしょ。帰っちゃうの。泊っていきなよ」

「無理でしょ。風邪うつっても困るし。しっかり寝てな」

目が回るのは風邪のせいだろうか。混乱する私を残して無情にも天野は帰っていった。

静まり返った部屋で耳を澄ませていた神様は天野の足音が消えたのを確認した後、苛立《いらだ》ちを露わにして私の足を尻尾で叩いた。

「痛いよ」

「ポコ侍とはなんだ。まるでそれがしがヘッポコみたいではござらぬか」

「そうかな。けっこう可愛いと思うけど」

「お嬢にはネーミングセンスの欠片《かけら》もないでござる」

今はそれどころじゃないんだけど。整理の付かない頭が重くて天井を仰ぐ。

「しかし、あれが天野か。眼鏡も時計も実に良いセンスをしておる。料理も出来て気配りも出来るとは感服するでござるな」

「うん。あ。それ私のプリン」

「しかし男ではないか。それがし、てっきり女子の友だとばかり思っておった。すまぬがマヨネーズを取ってくれ」

「まさかプリンにかける気？　言ってなかったっけ。天野は無駄に女子力が高い男友達だよ」

「なるほどな。この部屋を見ればお嬢に音楽の趣味がないのは分かっておった。解せないでおったがこれで分かったでござる」

「なんの話？」

「天野とやらはお嬢を好いておる。ラブでござる。さっきの様子を見ていても瞭然」

「やだな。ただの友達だって」

「ならばアレをいかに心得る」

小さな手が、天野からもらったオルゴールを指差す。

「あれがどうしたの？」

「あの曲を知っておるか？」

「聴いた事はあるよ。流行ってなかったっけ。ドラマの主題歌とかで。確か歌ってるのは……」

「レルスタでござる」

「そうだ。レールスターズだ」

「知っておったか」

「勿論だよ。有名なバンドだもん。メンバー全員が電車好きって理由でついたバンド名がレールスターズ。通称レルスタでしょ」

「うむ。して曲名は？」

「それは知らない」

「何故にバンド名の由来まで知っておいて曲名を知らんのだ」

「有名な曲が多くてどれがどれだか。メロディとタイトルが結びつかなくて。待って。今思い出すから」

「もうよい」

神様はため息交じりに「やれやれ」と首を振った。

「あの曲のタイトルは、『君が好き』でござる。おそらく天野の気持ちがそのまま込められておるのだろう」

「君が……好き……？」

あれ。おかしいな。焦点が合わない。熱い体が自身の熱で溶けていく。床に沈み込んでいくような感覚に抗えず身をゆだねたところまでは覚えていたけれど、気が付けば私はベッドで眠っていた。

◆

同居九日目の土曜日は病院へ行き、日曜日となる十日目はしっかりと体を休めた。

同居十一日目。今日は誰からも誘われなかった。マスク姿の病み上がりを遊びに誘うほど信也さんは非常識ではない。

いつものコンビニで焼き肉弁当を買うと、顔馴染みの店員が「今日で最後なんで」と新発売のお菓子を一箱くれた。若いのに意外と律儀だ。お弁当ばかり買っていたけれどお得意様扱いされるのはちょっと嬉しい。

人の好意は素直に受け取る。「ありがとう。元気でね」と言うと店員は初めて笑った。愛想がいいわけではなかったから気がつかなかったけれど、なかなか笑顔が素敵な男の子だ。

アパートに戻ると神様が玄関で待っていた。

「おかえり。おぉ。約束は忘れていなかったのだな。心配しておったでござる」

「ただいま。焼き肉より私の心配してよね」

「咳《せき》も出ておらぬのにマスクなど必要ないではないか。どうせタカシとまともに顔を合わせられずに顔隠しのつもりでおったのであろう」

「お察しの通りで」

いちいち言わないでいただきたい。崇司さんのいるオフィスで平然を装うのがどれほど大変だったか。焼き肉の事しか頭にない神様には分かるまい。

神様は焼き肉弁当を開けて、私は天野が作ってくれたとん汁の残りを温め直す。天野はたくさん作って余った分を小分けにし、冷凍保存しておいてくれた。その女子力たるや高すぎて、最早《もはや》お母さんの域だ。

いただきます。手を合わせると複雑な気持ちになって気が滅入る。

「お嬢、いかがした？　何事かとそれがしに聞いて欲しそうな顔でござるな」

「……この前、狸さんが変なこと言うから」

「それがし神様でござる」

「今日ね、天野とお昼を一緒に食べたんだ」

「中華であろう。匂いでわかる」

「冗談でね、私の事好きだったりするのかな。なんて聞いてみたら……」

「……ら？」

「……顔を赤くしてなにか言おうとしてた。けどそこでスマホが鳴って。急用ができたからって、店出て行っちゃった」

「否定はしなかったのでござるな」

「うん。取引先へ行ってそのまま直帰したらしくて。その後は会ってない」

高い確率で的中を叩き出すと言われる女の勘というものが一応女である私にも備わっているのならば、神様の言うとおり天野は私に気があるのでは？と思わざるを得ない状況だったのは間違いなかった。

「随分と奥手なのだな。天野は」

「私より女子だからね。でも、さっき連絡きたんだ。明日、大事な話があるから今日行った店に来てほしいって」

「いよいよ告白か。して。行くのか？」

「それが。元カレからも連絡があって。この前の返事を聞かせてほしいから明日、この前のレストランに来てほしいって」

「中華か。イタリアンか。迷うところだな」

「ううん。まだある。崇司さんもね、快気祝いにご飯奢るから会社の親睦会で行った料亭に明日行こうって。……二人きりで」

「和食も捨てがたいな。しかし皆揃《そろ》って明日にせずとも。和、洋、中。究極の選択にござる。モテる女子は辛いな」

「食べ物は関係ないでしょ。モテ期って、もっと楽しいものだと思ってたのに……」

「それがしなら天野だな。出世も見込めて料理もうまい。その上気心の知れた間柄ときておる。付き合えば延長線上に結婚がはっきりと見えるではないか。お嬢でも嫁に行けるというものだ」

「天野は友達だもん。考えられないよ。確かに一緒にいると落ち着くし。私の事よく理解してくれてる。大事な人だけど。でも、ときめかない」

「ならば先輩か。好いておったのだろう。両想いではないか。これにて一件落着にござる」

「そのはずなんだけど。勘違いとはいえ一度区切りをつけちゃうと、……なかなか元には。それに天野に、なんか悪いような」

「では元カレか。互いに故郷を出た寂しい者同士、温め合うのもいいだろう」

「嫌いじゃないし、今でもタイプではあるんだけど。……でも元の鞘《さや》に戻るには時間が開き過ぎてる気がするし。それこそずっと一緒にいてくれた天野に悪い」

「もう答えは出ておるな。お嬢は先程から天野の事ばかり気にかけておるではないか」

「そんなことは――」

言いかけて、オルゴールに目がいっているのに気付いた。

女の子が好みそうな可愛い雑貨店に一人で入ってプレゼントを選び、リボンの色まで指定する。

そんな天野のちょっとぎこちない姿が目に浮かぶ。

君が好き。仕事は出来るくせに、こんなにも近距離で遠まわしな表現しかできない天野はなんて臆病な奴なんだろう。なんてバカな奴なんだろう。なんて可愛い奴なんだろう。

大好きだ。

でも、友達だ。他にはいない大切な友達。どうして涙が出てくるのだろうか。ぽろぽろと涙と鼻水を流しながらとん汁を食べる私に神様はそっとティッシュを差し出し、焼き肉にマヨネーズをかけた。

「崇司さんのところに行ったら。やっぱり告白とか、されるのかな？」

「そう考えるのが妥当でござろう」

「もしかして天野、私が先輩に誘われたの知ってて同じ日に、なんて事は……」

「そう考えるのが妥当でござろう」

「それじゃ。断ったら私、天野を振ったことになる……の？」

「そう考えるのがモグモグ——」

「妥当でござろう？」

「いかにも」

涙を拭ったティッシュで洟《はな》をかむ。ついでに神様の口周りについたマヨネーズを拭ってあげようとしたらかわされた。

「そういえば元カレもキレイ好きな人だったな。映画観て泣いてた私にハンカチ貸してくれたんだけど、それで洟をかんだら怒られた。ちょっと本気で」

「それはお嬢が悪い」

「久しぶりに会えて嬉しかったけど。もう過去の人なんだなって思うんだ」

レストランで楽しい時間を過ごせたのは、楽しかった日々を共有した過去があったからだ。あの頃の記憶は蘇《よみがえ》っても、あの頃の気持ちまではもう戻りそうにない。

「元カレにはもう会わない」

「はいイタリアン消えた」

神様は食べるのをやめないが、小さな目だけはまっすぐこちらを向いている。

「天野も。やっぱり友達だし」

「中華は捨てがたいな」

私は天野が好きだ。でもそれは、崇司さんを目で追う度に胸をドキドキさせていたそれとは違う。天野が男であっても女であっても、私はきっと天野を好きになり友達になっていたに違いない。

「……やっぱり私は崇司さんを選ぶべきじゃないかな。ずっと好きだったんだし」

「和食か。まぁ悪くはなかろう」

「これって正解だと思う？」

「正解も不正解もお嬢次第だ。答えは一つとは限らぬでござる」

こんな時の正解とは、一体なんなのか。答えは一つとは限らない。それなら、選んだ先に正解も不正解もどちらもないなんて事もあるのだろうか。

「とん汁に流した涙の意味が分かればお嬢も……ってコラ。それがしが話しておるときに洟をかむでない」

「ごめん。なんか言った？」

「早う食え。冷めるでござる」

すっかりぬるくなってしまったとん汁を掻き込む。もやもやとする胸を通り抜けて胃に収まっていくとん汁は、やっぱり美味《おい》しいけれど、昨日より少ししょっぱいな。

こんな時でも完食してしまう私はやっぱり可愛くない。
◆

同居十二日目。残業もなく、誘われる事もなく、午後五時の定時で上がる。

スーパーで食料を買って一度アパートへ戻る私の足取りは重かった。いっその事、
季節外れの台風でも接近して外出不可能な状況になってくれないだろうか、なんて思いながら見上げた空は澄んでいて一番星が輝いている。私の心は晴れないのに、今夜の空はなんてきれいなんだろう。

玄関を開けるのと同時に深いため息が零れた。

「おかえり。勝負下着ならそこに出しておいたでござるよ」

「ただいま。何度も言うけど勝手にタンスを開けないでよ」

シャワーを浴びて化粧を直す。視界の隅に随分と葉っぱが減ってしまっているパキ

ラが映る。崇司さんにもらった時は手のひらサイズだったこの観葉植物も、二年目になる今ではバケツ程の大きさがある鉢にしっかりと根を張っている。

ご飯を炊いて豆腐とわかめの味噌汁《みそしる》を作り、白身魚の切り身を焼いて大根おろしを添えた。

「ちゃんと夕食っぽいの初めて作った」

「料理には人柄が出るものだ。質素な膳でござるな。汁にダシは入っておるのか？」

「ダシって何？」

「いただきます」

具が少ないのが気に入らなかったのか、神様は味噌汁に鰹節《かつおぶし》を入れて食べだした。

「今日は銭湯に行っていいから」

銭湯までの道を説明して小銭と部屋の合鍵を渡し、失くさないでねと念を押す。

「……それじゃ。行ってきます」

「うむ。この質素な膳とは雲泥の差であろう豪華な膳を食うてまいれ」

「質素とか言わないでよ。それに食べ物は関係ないから」

バッグとはおりを持って神様に背を向ける。後は靴を履いて外に出るだけ。崇司さんが待っている店に行くだけ。美味しい料理を食べて、告白されたら頷《うなず》くだけ。慣れないモテ期の迷路で迷子になった私に、ナビゲーションシステムがそう経路誘導している。従えば辿《たど》り着けるはずだ。

辿り着ける？　何処に？

私は何処に辿り着こうとしているんだろう。足が止まったまま動かない。

「……狸さん」

玄関に出しておいたお気に入りの靴を前に、足を入れることなく立ち竦《すく》む私は背を向けたまま神様を呼んでいた。

「それがし神様でござる」

「……………」

「お嬢。いかがした？」

「……私ね。崇司さんに彼女がいるって勘違いした時、すごくショックだったんだ」

まるで両足が鉛になったみたいに重くて動かないのに、口はよく動いた。

「でも、崇司さんが私の事好きだって知った時はビックリして。驚きを通り越してどうしたらいいか分からなくて。……嬉しいとも思わなくて」

ただ困惑していた。嬉々《きき》とするものが少しも湧き出なかった。ずっと憧れていた人なのに。恋をしていた人なのに。

「元カレに未練はないし。天野は友達。選ぶなら好きだった崇司さんだって頭では分かってるんだけど。どうしてかな。前に進めない」

　私ってこんな泣き虫キャラだっけ？　堪え切れずに流れた涙が、折角直した化粧を崩していく。

「本当に好きだったのに……。好き、だった？　あれ。じゃぁ、今は……？」

　答えはどこからも出てこないのに涙だけは次々と目から溢《あふ》れ出てくる。止めなくてはと思う程に、それは止まらなくなる。背を向けていても震える声で泣いているのはきっとバレている。

「自分の気持ちが分からないよ。誰が好きかも分からない。こんな私に選ぶ権利なんて無い。私は何処にも行けない」

　こんなんじゃ崇司さんに会いに行けない。合わせる顔がない。元カレや天野にも申し訳がない。

「狸さん神様なんでしょ。私を助けに来たんなら、今助けてくれないかな。かなりピンチです」

「なにを申すか。食事中だぞ。今は無理でござる」

　濡れた頬をそのままに振り返ると、神様は真剣な面持ちで焼き魚にマヨネーズをかけていた。

「私は……どうしたらいい？」

「そうだな。先ずは洟をかむでござる」

神様は傍らにあったティッシュ箱に向かって尻尾を振り下ろした。球のように打たれたティッシュ箱は、神様の手によって磨かれた床の上をするする滑って私の足元に当たって止まった。拾い上げて言われたとおりに洟をかむ。

「して。お嬢はそれがしにどうしてほしいのだ。はっきりと申せ」

「……引き留めてほしい」

「うむ。帰って来た時から、そう顔に書いてあったでござる」

それなら、もっと早くにそうしてくれないものか。

「ここは洒落《しゃれ》た料亭でもなくば膳も質素だが遠慮はいらぬでござる」

「ここ私の家。それ私が作ったご飯」

「どこにも行けぬと言うなら戻ってまいれ」

「……え？」

「引き留めろと言ったのはお嬢でござろう」

「そ、そうだけど。いいのかな……。それで」

「それとも背中を押してほしいと申すか？」

咄嗟に首を振る。

この先に行き場所など無いことはもう分かっている。だから足も動かないのだ。崖の上に立っているのと同じ。迷っている私の前に道はない。背中を押されようものならあっという間に滑り落ちて、右も左も分からない谷底で途方に暮れてしまうだろう。

「今は選べぬと言うなら、それがお嬢の答えでござろう」

「…………」

私は見落としていた。

崇司さんか。元カレか。それとも天野か。三択だと固く思い込んでいたが、誰も選ばないという選択肢もあったのだ。

頷いて見せると途端に足が軽くなった気がした。

はおりもバッグもそのままストンと床に落とし、スタンバイしていた靴も下駄箱に戻した。これが私の答えだ。楽になった足とは裏腹に、心に引っかかって取れない蟠《わだかま》り。

きっとこの答えは正解ではないのだろう。しかし自分を騙《だま》したり偽ったりしない点では不正解でもないと言えるかもしれない。

「後悔はせぬか？」

「うん」

ティッシュ箱を抱えて玄関を離れた。どこにも行かない。そう決めたことに迷いはなかった。私は崇司さんみたいにはモテない。元カレみたいに恵まれた容姿ではない。天野みたいに女子力も高くはない。三人の誘いを断るなど身の程知らずなのは承知のうえだ。

「そんなところにボーっと立たれては食べづらい。お嬢も自分の飯を装《よそ》うでござる」

「……あいにく食欲はなくてですね」

「それがしは食事中だ。ここに戻るのならば相手に合わせるのがマナーでござろう」

「……わかったよ」

神様に急かされるようにお椀《わん》に味噌汁を注ぎ、茶碗に白米を盛る。食卓に並べて向かいに座ると、神様は無言で残っていた魚を半分に切り分け、私の茶碗に乗せてくれた。

「やさしくされると泣きたくなる」

「そうか。マヨネーズもかけてやろう」

「それはやめて」

「さようか」
　持ち上げたマヨネーズを不満気に置いた神様が、なんだかおかしくて吹き出してし
まう。
　いただきます。と手を合わせて味噌汁を啜る。料理には人柄が出ると神様は言って
いた。薄いなぁ。これ。決定的になにかが足りない気がする。
　誰かを選ぶには、私にはいろいろなものがまだ足りないのだろう。
「……足りない」
「うむ。これだな」
　そういって神様が差し出したのは半分残った鰹節のパック。味噌汁に振りかけてみ
ると、まるで踊るようにふわふわと動きながら汁に浸かっていく。飲んでみると確か
に風味が増した。
「ため息を零《こぼ》すのはよいが、鰹節は零すでない」
「……こんな私を誘ってくれたのに。三人に対してなにも返せない無力感と罪悪感が
胸の奥で燻《くすぶ》ってる」
「痛むか」
「うん。でも、これは足りないなにかを補っていくのにきっと必要な要素のように思

うんだ」

「お嬢のダシでござるな。味に深みが出るのと同じで、痛みというのは人間に深みを与える。痛みを知ればこそ強くも優しくもなれるでござる」

ダシというのがよく分からないけど、神様の言葉には心にスッと入って沁《し》みていく妙な説得力があった。

「ダシガラも食えるしな。無駄な物などなに一つないのだ。選ばないというお嬢の選択もそうだ。しかし、いずれ決断せねばならぬ時が来るであろう。その時は……ってコラ。それがしが話しておるときに洟をかむでない」

「ごめん。最後のほう、なんて言った？」

「……もうよい。それよりお嬢」

「うん？」

「おかえり」

「…………」

どこにも行けなかったけれど、私の居場所はここにあった。自分の家だけれど、私を許してくれる存在がいるこの場所は、なんてありがたいんだろう。

「狸さん」

それがしは神様で――。言い終わらないうちに手で遮り、キョトンとしたところをすかさず抱き上げ、ぽっこり膨らんでいるふわふわのお腹に顔を埋め込んだ。

「わっ。よせっ。そんな汚れた顔をくっつけるでない！　離せ。うへっ。くすぐったい。やめろ～」

手足をバタつかせて抵抗する神様に、さらに顔をぐりぐり押し付ける。狸のお腹は白いものだと思っていた。それは、よく行く蕎麦屋の玄関先にいる狸の置物がそうであるからだ。しかし神様のお腹は黒かった。器用に生きられない私を、涙と鼻水ごと受け止めてくれる黒いお腹は柔らかくて暖かい。そして少しマヨ臭い。

「ただいま」


最悪な誕生日の終わりに神様を拾った。

しかしこの神様、救いへと導いてくれるわけでも、有難い助言を授けてくれるわけでもない。願いを叶えてくれるわけでもなければピンチを救ってくれるわけでもない。

ただ居座るだけ。

ただ「ただいま」と言わせてくれるだけ。

◆

外灯が点る公園のベンチで一人座っている男の前を一人、また一人とジョギング中の男女が通り過ぎていく。

「やっぱ来ないよな」

立ち上がると不意に視線を感じて足下を見る。

「わ。珍しいな。どうしてこんなところに？」

「それがし参ったが」

「へ。誰？」

「ひとっ風呂浴びる前に付きあってやろう。その店にマヨネーズはあるか？」

「変だな。確かに声はするのに狸以外誰もいない。まさか……。いや違うな。俺、霊感とか無いし」

「それがし神様でござる」

「……お祓《はら》いってどこでやってんだっけ？」

顔を見上げている狸。その後ろ手に、一つの菓子箱があることに男は全く気が付いていない。箱の底には『鉄板料理の美味しい店があるんで良かったら一緒に行きませんか。明日、いつもコンビニに来ている時間に○○公園で待ってます』と書かれたメモが貼《は》ってある。

青ざめた元コンビニ店員の男は、狸を置いてその場を走り去っていった。

銭湯の神様

二人の人間がいたとして、同じ時間。同じ場所にいて、同じ物を見ていても、その二人が同じ世界にいるとは限らない。

たった一枚のガラスで隔てられた外の向こうでは、寒さに身を縮めるようにして歩いている人がいるというのに、こっちでは必要以上に効いている暖房のせいで汗ばんでいる。

屋外に出た瞬間、火照った体が冷たい空気に忽《たちま》ち冷やされていく。朝晩はしっかりと冷え込むが日中は暖かな日が続いている十月下旬。しかし、太陽が隠れている今日は体感気温も上がらず、寒さにまだ慣れていない身には堪える寒さとなっている。

見上げた空は一面に薄墨《うすずみ》色の雲に覆われ今にも小雨が降り出しそうだ。

営業先から帰る昼下がりに一軒の蕎麦屋に寄る。安い、早い、美味《うま》いの三拍子が揃うこの店はいつもサラリーマンで溢れており、女性で賑わっているお洒落なイタリアンカフェが隣にある相乗効果でより一層むっとした空気感が漂っている。その中でたった一人、蕎麦を啜っている彼女の姿は浮いていた。僕に気が付きハッと顔を上げた彼女の向かいに座り、注文を取りに来た店員に盛り蕎麦を頼む。

「……天野。昨日は、ごめん」

開口一番に謝罪した彼女は神谷という会社の同期だ。その言葉通り謝意の面持ちでいるのだが、口元についたざる蕎麦の海苔《のり》が残念なことになっている。

神谷とは男女の垣根を越えて絶対的な友人関係にある。しかし僕は昨日それを壊そうとしていた。

僕は神谷に惚《ほ》れている。

しかし神谷は職場の先輩、崇司さんに惚れている。

しかも崇司さんも神谷に惚れている。

つまりは、神谷と崇司さんは両想いにある。勝敗は明白。ここは涙をのみ友として、大人《おとな》として温かく見守るべきなのだろうが、僕は友にも大人にもなれずに悪あがきをしてしまった。

崇司さんの同期で僕の上司でもある信也さんから、崇司さんが神谷を誘って告白するつもりだと聞かされた僕は、何を血迷ったのか同じ日に神谷を誘ったのだ。万が一、億が一の可能性に縋《すが》って僕は待っていた。もし神谷が僕の所に来たら思いを打ち明けるつもりでいた。来ないと分っている相手を一人待ち続けるのは我ながらカッコ悪かった。そして当然ながら神谷は来なかった。

「えっと。ポコ侍がね――」

ポコ侍というのは神谷が飼っているペットの名前だ。ネーミングセンスの悪さも然《さ》る事ながら飼っているのが犬だの猫だの王道を飛び越えてまさかの狸だというのは驚いた。一体どこで捕獲したのか。一度だけ会ったが、人間さながら器用に箸を使ってご飯を食べる、なんとも可愛い珍獣だ。

「寂しがったもんだから家に置いてけなくって。一緒に連れていくわけにもいかないでしょ」

営業マンの必須スキルとして信也さんに教わった嘘を見抜く方法。人は嘘をつく時、右脳が働くために目線が右上にいく。隠そうとする心理から手で口元を隠す。他にも瞬きが増える。汗を掻くなどの傾向もある。神谷はそれら全てが顕著に出ていた。これでは「嘘だけどね」と言われているのと同じである。

「それで……その。昨日言ってた話って……なに？」

僕は「大事な話がある」と言って呼び出していた。なに？と聞いておきながら神谷は聞き辛そうに目線を下げている。

「まぁ食べようよ。時間も限られてるし」

食事の続きを勧めて僕も運ばれてきた蕎麦を食べる。

「ざる蕎麦と盛り蕎麦の違いって、ざるに入っているか否かだけだと思ってたけど、海苔の違いもあるんだな。神谷のざるにはあって、こっちの盛りにはない」

「うん。それもあるんだけど、ここのお店はつゆにも違いがあるみたいだよ」

「さすが常連」

「任せて」

「それでさ。僕が神谷の事を好きだったりするかって件だけど」

「ごふっ！」

コントか。と突っ込みたくなるような噎《む》せ方だった。

『私の事好きだったりするのかな』

神谷が突然そんな質問を投げかけてきたのは二日前のちょうど今頃の事だ。

「答えはノーだよ」

やべ。今ちょっと右上向いた。

「そ、そうだよね」

よし。ばれてない。嘘がつけない神谷に嘘は見抜けないだろう。

「どうしてそう思った？」

「うん。天野、私の誕生日にオルゴールくれたでしょ」

今度は僕が噎せた。神谷みたいに蕎麦までは飛ばさなかったけれど。裏返りそうな声が喉まで出かかっていたのをお茶で流し込む。

「あの曲。君が好きっていうタイトル。それをプレゼントするなんて気があるんじゃないか、みたいな事を言われたもんだから」

「言われたって。誰に？」

「え。あ、えっと。い、田舎の友達に……」

今のは嘘だな。

「単純に好きな曲を選んだってだけで、曲名に深い意味はないよ」

好きな曲であることに間違いはない。けれど、音楽に疎い神谷は気づかないだろうと高を括《くく》り、曲名に少なからず気持ちを込めて贈ったのは事実だった。

「でも。あの後、顔赤くしてたし。逃げるみたいに店出て行っちゃったじゃん」

「暖房ついた店で激辛料理食べてたんだ。熱くて顔も赤くなるよ」

耳がジリジリと熱を帯びて赤面していったのは自覚していた。

「それに取引先でトラブル発生したから急を要してたしな」

トラブルの報告を受けたのは事実だが、それは信也さんが速やかに処理した事後報告であり急行する必要性などなかった。しかし、不意を突かれて内心ひどく動転していた僕は、神谷の言うとおり逃げ出したのだった。

「そっか。なーんだ。悩んで損した」

「悩んだんだ？」

「へへ。恥ずかしながら。とんだ勘違いでしたスミマセン」

恥ずべきはそこじゃない。と口元を指差す。気付いた神谷が慌てて口を拭う。どんな食べ方をしたらそこに海苔が付くのか。どうして照れ笑いがそんなに可愛いのか。

ランチを終えて店を出ると雨が降り出していた。会社までは徒歩三分といった距離。前髪しか守れそうにない財布を雨除けにして走りだそうとした神谷を止め、鞄《かばん》から折り畳み傘を取り出し広げる。

「さすが天野！」

「毎朝占いだけじゃなくて天気予報もチェックしなさい」

傘の下で身を寄せ合い触れる肩に鼓動が高鳴る。中学生か。しっかりしろ社会人。悟られないよう密かに深呼吸をしながら、ヒールを履いている神谷の歩幅に合わせて小走りする。頭の中ではレールスターズの「君が好き」が流れている。そばにいる人に本当の気持ちを伝えられずにいる。そんな人達の心を代弁している曲だ。

僕は隠し事をしている。そして神谷も隠している。同じ時間。同じ場所にいて、同じ物を見ていても、僕と神谷は同じ世界にはいない。それぞれの居場所で、それぞれの景色を見ている。走る神谷の横顔を盗み見ながら胸中で問いかける。

どうして君は崇司さんのところに行かなかったんだ。

神谷と崇司さんが付き合いだした。そう報告を受ける覚悟をして出社した今朝。『神谷さんは来なかったらしい』崇司さんの同期で僕の上司でもある信也さんの言葉に、僕は耳を疑った。

崇司さんをフォローするように信也さんに協力要請された僕は、内心気が気ではなかったけれど神谷にその事を正直に話していた。二人きりでと誘われた神谷は崇司さんの真意に気づいて然《しか》るべきはずなのに。神谷は昨夜、崇司さんのもとには行かなかった。

これは一体どういうことなのか。点と点が思うように結びつかずモヤモヤとしながらも、心のどこかで安堵《あんど》している自分がいる。神谷がずっと憧れていた人と結ばれるというのであれば、この想いにも諦めがつく。そう思っていた。しかし、そうはならなかった。この状況を、僕はどう受け止めたらいいのだろうか。

昼間の雨の湿度を保ちつつひんやりと冷えていく夜の中を、自宅に向かって歩いていたはずの足が、気が付けば方向転換していた。これは、悩みを抱えている時なんかによく陥るパターンだ。

新しいアパートが目立つ住宅街を抜けて、商業施設が立ち並ぶ一角に泰然自若《じじゃく》として佇《たたず》んでいる一軒の古びた銭湯に辿り着く。建てつけの悪くなった木製の引き戸を開けると、はめ込まれた磨りガラスがガタガタと震える。その音を合図に顔を出した番頭が手を差し出す。手のひらに乗ったロッカーキーを受け取り、代わりに四百六十円を乗せると手と顔が奥へ引っ込む。

力強い筆遣いで「男」と書かれたのれんを潜った先の脱衣所は、今日も変わらずむさ苦しい。ずっと文芸部だったから想像ではあるけれど、運動系男子の部室というのはきっとこんな感じなのだろう。ちらほらいる皆さんは、うん十年前に現役引退された方ばかりの顔馴染みで「よぉ。兄ちゃん」と気さくに声をかけてくれる。

ロッカーに脱いだ衣服を詰め込んでいた時だった。

「天野」

不意に背後から名前を呼ばれて反射的に振り返る。そこには一人の見知らぬ男が立っていた。

少年と表現した方が近いかもしれないこの男。随分と馴れ馴れしいけど、こんな知り合いが僕にいただろうか？　首を傾げていると、男は無言で僕の社員証を差し出してくる。どうやら落ちていたのを拾ってくれたようだ。こんな大事な物を落とすなんて。僕は礼を言って浴場に向かった。

引き戸を開けると忽ち石鹸《せっけん》の香りと湯けむりに包まれる。壁の両側にある洗い場には黄色いプラスチック製の湯桶《ゆおけ》が並び、奥にある大浴槽の上には躍動感のある白波に三保松原《みほのまつばら》の緑林。その上に聳《そび》える雪をかぶった富士山が壁一面に描かれている。際立った特徴もないごく一般的と言える銭湯だ。

体を洗って湯船に浸かると先輩方が「兄ちゃん。こんなジジ臭い風呂なんかより彼女と温泉デートにでも行ったらどうだ」「明日もしっかり働いて年金納めてくれよな」などと言いながら入れ替わるようにして湯船から出ていく。貸し切り状態となった湯船で手足を思い切り延ばし、富士山を眺めるでもなく眺めながら今日の昼を振り返る。

料理をせず弁当女子の輪に入れない神谷は昼休憩時、大抵あの店にいる。僕は蕎麦が食べたかった訳ではなく神谷に会いに行ったのだ。しかし、あの馬鹿正直な神谷に嘘をつかれるとは思いもしなかった。

「その悄然《しょうぜん》たる後ろ姿は天野か」

振り返る間もなく男が湯船に入ってくる。さっき社員証を拾ってくれた男だ。

「眼鏡をしておらぬが、落としたのか？」

「い、いいえ。曇るんで外してるだけです」

普段は眼鏡をかけているが、裸眼でも生活に最低限必要な視力は持っている。スペースはたっぷりと空いているにも拘《かかわ》らず何故か僕と向かい合うように座るこの男。学生だろうか。長めの髪は明るく染まっており、色白の顔にはまだ幼さが残っている。脱衣所で見た時は、確か耳にはピアス。首元にはネックレスを光らせていて、遊んでる感が半端なかった。

「天野はこの湯は初めてか？」

馴れ馴れしさも半端ない。

「いや。よく来てますけど」

銭湯通いは僕の趣味と言っていい。週に三回はこの銭湯に来ている。

周りは僕の事を篤実《とくじつ》な人柄だと思っているようだが、そんなことはない。大事な物を拾ってくれたこの男に対し、どう見ても年下で、しかも初対面なのに名前を呼び捨てにしてくるというだけで嫌悪感を抱いているのだから。

そう。今日が初対面のはずだ。しかし、何故だか初めて会った気がしない。

「それがし昨夜もこの湯に来たが、人の混み合う事もなく、随所に長い年月を感じる風格が滲み出ておる。いいところでござるな」

湯船は僕たち二人の貸し切り状態。タイルは所々割れていて目地に滲んだ汚れは放置されている。

「人気がなくて古汚いって言ってます？」

全くその通りなのだが愛着がある分、癪《しゃく》に障る。それにしても引っかかるのはその口調だ。それがし？　ござる？　なんの遊びだろうか。侍のつもりか？　細い体で甘い顔立ちには不合理も甚《はなは》だしいのだけれど。

「きれいに越したことはないのだが、これはこれで。しかしこうも儲《もう》からぬとなれば潰れてしまうのも時間の問題であろう。折角見つけたのに残念でござる」

確かに銭湯は需要の減少とともに衰退化し、この辺りでも何件かは潰れていて辛うじてここだけが生き残っている有様だ。

「儲かってはいないだろうけど。ここを憩いの場にしている常連客もいるし、こういう公衆浴場は潰れないカラクリもあるから、心配しなくても暫くは潰れないと思いますよ」

健康好きでキレイ好き気質の多い日本には衛生を守るための様々な法律が存在するが、衛生上必要な入浴を確保するための公衆浴場法という法律もあるらしく、補助金が出たり、水道料金無料や税金免除といった優遇措置があるため、それなりの人口がある場所ならやっていける——と、顔馴染みの先輩方が話しているのを聞いたことがある。

「貢献してやりたいが毎日は駄目だとお嬢が言うのでな」

お嬢？

「やはり手足を存分に伸ばせる風呂はいいでござる」

男はでろんと大の字になると、そのまま壁を蹴ってスイーっと泳ぎだした。小さな男の子がこうする場面は何度か見たが、いい年した大人では目に痛いものがある。これ以上関わりたくもないので放っておくことにして、疲れた体を温め解《ほぐ》すのに専念する。

心身共にリラックスできる至福の時。それがバスタイムだ。なにもかもを取り払って無防備なまでに湯に身を預ける事を許されているこの空間は、僕の副交感神経を大いに刺激しまくる。高い天井。広い浴槽。この解放感。自宅マンションのユニットバスではこうはいかない。

体が十分に暖まった頃、湯の温度を見に来た番頭に叱られている男を横目に僕は湯船を出た。

時々こうしてふらりと帰宅途中に銭湯へ寄る習慣のある僕の鞄には、洗濯済みの下着と常温のミネラルウォーターが常備してある。常連達は皆揃って風呂上りに冷たい牛乳をきゅーっと飲んでぷはーっとやって大衆文化を守っているが、お腹が弱い現代人の僕はなるべく内臓に負担をかけないように心掛けている。

清涼飲料やアイスクリームの自動販売機、それにマッサージチェアと長椅子と扇風機。休憩に必要な物をぎゅっと押し固めたような狭いスペースで体を休めていると、脱衣所から人が出てくる気配。振り返らずとも誰かは分っている。

「天野。まだおったのか」

「ええ。まぁ」

番頭がちらりとこちらを見た。知り合いだと思われるのは不本意だけど恩がある以上、無視はできない。

「あの。もし良かったら何か奢らせてください。社員証拾ってくれたお礼に」

「ほう。さすが気がきく天野。ではアレをくれぬか」

初対面でなにが「さすが」なのか。言葉の軽さは見た目に反してはいないようだ。

男が指差したアイスクリームのバニラを買って渡す。

「……あの。それは？」

「なぬ。天野はこれを知らぬのか？」

男はデニムパンツのポケットから銭湯には不釣り合いな物を取り出していた。

「……マヨネーズ、ですよね。それは分りますけど」

どうしてマヨネーズなんか持っているのかと尋ねる前に、男はアイスクリームにそれをたっぷりとかけだした。

衝撃的な光景に言葉を失う。

「では。いただきます」

「うわぁ」

思わず漏れた声は悲鳴に近かった。

「いかがした天野。そんなに見つめられると食べづらいでござる」

バニラに醬油《しょうゆ》をかけるとみたらし味になるとは聞いたことがあるけれど、マヨネーズは想像できない。したくない。

「一口ならやってもよいぞ」

ぶんぶんぶん。滅相《めっそう》もないと首を振る。満面の笑みでマヨバニラにかぶりつく男。

居た堪《たま》れなくなり視線を下げたその先。男が脇に挟むようにして持っている財布が目に入った。

パステルイエローにリボンのチャームが揺れているそれは、マヨ男には不似合いな女物。さっき湯船の中で「お嬢」とか言っていたのと関係しているのかもしれない。

いや。そんなことはどうでもいい。気になるのはこの財布。

どこかで見たような………。

ぼんやりとした記憶が脳裏に浮かび、隅っこで引っかかっている。探ってみようと試みるも、バニラとマヨネーズが互いに主張し合っている不穏当な甘酸っぱい臭いにストレス数値がどんどん上昇していく。駄目だ。耐えられない。断念して銭湯を出ることにした。

「それじゃ。僕はこれで」

毎日は駄目だとかなんとか言っていたが、また来るだろうか。僕も毎日通っているわけではない。でも今度来るときには念のため時間をずらすことにしよう。あの男と会わないように。

◆

衝突事故を避けるため、神谷への気持ちにブレーキをかけ「好きではない」と嘘をついてしまったが、神谷は崇司さんの誘いを断ったままでいた。どういう訳か神谷は踏みとどまっている。こっちは引いたんだ。ならば崇司さんにもうひと押し行ってほしいと思っていた矢先。昇格が決まった崇司さんは支社へ異動することになった。

崇司さんの仕事を引き継ぐことになった信也さんと僕は、昼休憩をとる暇もなく挨拶回り。神谷の様子が分らず気がかりだった僕に信也さんは『あいつは神谷さんの事を諦めるそうだ』と追い打ちをかける。

何度となくスマホを確認するも神谷からの連絡は一切ない。残業を終えた足で神谷の家に向かうことも考えたが、やめた。連絡がないということは、今は僕を必要としていないということだ。誰にだって一人になりたいときはある。正直に言えば僕も一人でいたい。気持ちの整理がつかないまま神谷の相談に乗ってやれる自信がない。

定時を優に過ぎた仕事帰り。気が付けば銭湯に向かっていた。ガラスをガタガタ言わせながら引き戸を開けて、鍵を受け取り四百六十円を払う。閉店間際のこの時間。他には誰もいないだろうと湯けむりを潜ると湯船に人影が見えた。

嫌な予感がした。

「天野ではないか」

やっぱりか。まだ湯に浸かってもないのにため息が出る。そこにいたのは、あのマヨネーズ男だった。

「ど、どうも」

軽く会釈をして湯船から一番離れた洗い場に座る。この距離なら話しかけてはこないだろう。

「二日ぶりでござるな。今日は遅いではないか」

考えは甘かったようだ。

「……ええ。まぁ」

呼び捨ても、侍みたいな口調も前回会った時と変わらない。大事なものを拾ってもらった恩があるから侍キャラは百歩譲って容認するにしても、せめて名前に「さん」は付けてもらいたい。どうみても僕の方が年上なわけだし。

「それがしも先刻来たばかりだ」

洗っている間に先に上がってくれと望んでも無駄という事か。

泡を流して湯船に浸かる。ふぅと息をついたのもつかの間、適度に開けておいた距離を男に詰められた。

「しかし今宵《こよい》の膳も質素でござった。お嬢はみそ汁にダシを入れぬのだ」

ご飯を作ってくれる彼女がいる。そう言いたいのか。

「お嬢の料理音痴は筋金入りで詮方《せんかた》もない。なにせカレーまで不味くなるのだからな」

ダシのないみそ汁に不味いカレー。ほんの少しだけ男に同情する。

「なんとかならぬか天野」

なんとかしてほしいのはこっちだよ。その呼び捨てやめてもらえないだろうか。

「そう、言われましても……」

文句を言うなら自分で作ったらいい。喉まで出かけた言葉を飲み込んで苦笑い。

「火加減も知らずに肉を焦がしたのを、タカシとやらの転勤のせいにするのだ」

適当に聞き流していた僕の耳が「タカシ」「転勤」のワードを拾って脳に投げて寄こす。不意打ちを食らった脳は一瞬、混乱した。暖かい湯に浸かっているというのに背中に寒いものが走った時、男が持っていた見覚えのある財布を突如として思い出す。あれは神谷の財布に似ている。蕎麦屋を出た神谷が雨に対して無駄な機転を利かせていたパステルイエローの財布にはリボンのチャームが揺れていた。

崇司さんの転勤と財布。僕の隣で湯に浸かるのこマヨ男が神谷と結びつく接点を持っている事に驚きを通り越してぞっとする。

「いかがした。それがしの顔が〝いけめん〟なのは承知だが、男に見せるためにあつらえた訳ではござらん」

思わずマヨ男を凝視していた僕は慌てて後ずさった。

「す、すみません。ちょっと考え事をしていたもので……」

単なる偶然だろう。今の僕はきっと神谷にセンシティブになっているんだ。転勤は珍しい話でもないし、あの財布だって類似品はいくらもあるはずだ。この侍っぽいマヨ男が神谷の財布を持っているわけが…………

サムライ？

脳裏に浮かんだ神谷のペット。

ポコ侍。

侍言葉とポコ侍。マヨ男がポコ侍を通して神谷に結びついた。じわじわと迫りくる胸騒ぎが拭いきれない。これは本当に偶然なのか。困惑する僕を余所《よそ》に、男は両手を組んだ水鉄砲で富士山目掛けて連射している。

程なくして閉店時間を知らせる番頭に追い出されるかたちで僕達は湯から上がった。のれんを外した清掃員が仕事を始めたので、休憩する気マンマンでアイスを買おうとしていた男を連れて銭湯を出る。

「アイスを食べ損ねたでござる」

「こんな時間に食べるのは体に良くないですよ。それじゃ僕はこれで」

「うむ」

「……あの」

「なんだ？」

「どうしてついてくるんですか？」

　帰ろうと歩きだした僕の横を男がぴったりついてくる。

「こっちにコンビニがあるからな」

「どうしてもアイス食べる気ですね。冷えますよ」

　デニムパンツの膨らんだポケットからはみ出している赤い蓋が目に入り、アイスマヨの悪夢が蘇る。

「冷えはよくないな。よし。あつあつの肉まんも買うとしよう」

　マヨネーズが入った反対のポケットから財布を取り出した。前にも見た、あの財布だ。リボンのチャームが揺れている。

「可愛いですね、それ。もしかして彼女のですか？」

「お嬢の財布だ」

「勝手に使っていいんですか？」

「財布を失くすなと言われておるが、アイスと肉まんを買うなとは言われておらんでござる」

　男がパカッと二つ折りの財布を開く。いけないいと思いながらも目がカード入れに吸い寄せられる。

「うむ。諭吉《ゆきち》は不在だが英世《ひでよ》がおれば充分足りるな」

「…………」

そこに見えたのは、雑貨ショップのメンバーズカード。

僕も同じ物を持っている。オルゴールを買った際に店員の勧めを断れずに作った。カードには名前がカタカナで刻印される。男が持っている財布に収められているメンバーズカードに記された名前は「カミヤチヒロ」。

足を止めた僕にマヨ男が振り返る。

「天野の家はここか？」

「いや。こんな雑居ビルには住んでませんけど。あの……」

そっと握りしめた手が湯冷めして冷たくなっていくのに、脳の裏側は妙な熱を帯び始める。

「あんた。誰？」

神谷の財布を持ち歩くこの男は一体何者なのか。

「今更何を申すか。天野」

訝しむ僕にマヨ男はさらりと答えた。

「それがし神様でござる」

男は飄々《ひょうひょう》として自分は神だと名乗った。

「……え？」

侍で神様。迷走するにも程がある。

「じょ、冗談はよしてください。散々人の名前を連呼しておいて、自分は名乗る気なしですか？」

「冗談とはなんだ。それがしは山の神様でござるぞ」

「………」

堂々と言い放つ態度に言葉を失っていると、男は「分かったようだな」と、勝手に納得して歩き出し、コンビニの中へと姿を消していった。


連休は殆ど出かけず仕事をしたり録り溜めていた番組を見たりして過ごしたが、なにをするにも常に頭の隅ではマヨ男がチラついていた。

あれだけ神谷との接点があれば赤の他人とは考えにくい。確か神谷には兄がいたはずだが、どう見ても神谷より若いあの男が兄という事はないだろうし、弟がいるなんて話は聞いた事がない。身内を「お嬢」とも呼ばないだろう。今まで神谷と話したなかで、あの男に触れる話題が一つでもあっただろうかと思い返してみても該当するものは浮かび上がってはこない。

それなら、あの男は一体何者なのか。神谷とはどういう関係なのか。考えたところで埒《らち》は明かないが、気に留める必要性の有無だけでも知りたかった。世俗的な見た目でありながら中身が世間離れしているせいも多いにあるだろうけど、あの男の存在は妙に引っかかる。神谷にとって無害であればいいのだけれど。

◆

職場での神谷は普段と変わりないように見えた。引き継ぎ業務に追われて取引先を駆け回っている崇司さんは一日席を外したまま。あれから二人はまともに会ってもいないんじゃないだろうか。神谷は崇司さんの送別会を計画するチームに入り、仕事の合間に着々と準備を進めている。

昼休憩では天ぷら蕎麦を注文するあたり食欲も窺える。

「午後は来客あるから早めに戻って準備しないと。天野は？」

「信也さんと今後の打ち合わせ」

「確かミーティングルーム空いてたよ。コーヒー用意しておくね。来客用の序《つい》でに」

「ありがとう」

蕎麦が運ばれてくると急ぐようにして食べだす神谷に、落ち着いてあの男の話を切り出す事はできなかった。マヨ男の正体は実は泥棒で、神谷の財布を盗み持っていただけではないだろうかとも考えたが、ズルズルと蕎麦を啜る彼女の手元に置かれたパステルイエローの財布を目にしたとき、その説は消えた。

その後も変わらず日常的に仕事をこなして定時を迎えた神谷は、残業が決まった僕に「頑張って」と笑顔で手を振りオフィスを出ていく。

いてても立ってもいられなくなり、トイレに行く振りをして外に出ると神谷を追いかけた。エレベーターに乗ろうとしていた背中を呼び止める。僕の声に振り返ったその顔には、さっきまでの笑顔が消えていた。

「……神谷。大丈夫か？」

「へ？　大丈夫だよ。定時であがっていいって言われたから」

「そうじゃなくて……」

ポーン。軽い電子音が鳴り、扉が開く。上階から降りてきたエレベーターには定員の半分くらいが埋まっていた。「乗りません」と頭を下げると扉は閉まった。

「天ぷらのカロリーを軽視するのは良くないな。歩こう」

首を傾げる神谷を連れ、人のいない階段へ向かう。

「ここ6階だよ？」

「階段の昇り降りは下手なエクササイズより効果的なんだ。特に降りるときは普段あまり使わない内ももの筋肉を使うから、太ももを引き締めるにはいい運動になる」

「そうなの？」

面倒そうな顔から一変してやる気を見せる。ダイエットなんて必要なさそうなのに、好きなものを好きなだけ食べている神谷も「引き締め」という言葉には弱いらしい。

「天野はまだ仕事でしょ。ダイエット中なの？」

「した方がいいと思う？」

「ううん。全然」

「下まで一緒に行く。少し話そう」

ようやく状況を察したらしい神谷が目を伏せた。

「……もしかして、崇司さんの事？」

「他になにがある？」

当然、僕の頭にはあの男が浮かんでいる。しかし神谷は「だよね」と、言い切って他者を認めなかった。

　それより今は崇司さんの事だ。神谷が話してくれるまで待つべきだとは思ったけれど、僕はそこまで人間ができていない。

「無理してないか。神谷」

　ずっと想い続けていた人に気持ちを打ち明けられないまま会えなくなる。もし僕がそうだとしたら。このまま神谷に会えなくなるとしたら。とてもじゃないけど平常心でいられる自信はない。

「無理はしてない。……と思う」

「信也さんから聞いたよ。崇司さんに誘われたのに断るなんて」

　僕の言葉に「うん」と頷く。ポコ侍が気がかりで行けなかったわけではない。やはり神谷は信也さんの言った通り、断ったのだ。

「自分でも、よく分からなくなっちゃって。でも、これがたぶん私の答えで……」

　曖昧模糊《もこ》とした表現だが、崇司さんの事は諦めたと読んでいいのだろうか。

「心配かけてごめん。でも私は、もう大丈夫だと思う」

「このまま崇司さんを見送るつもりか？」

「うん」

「それで後悔しない？」

「同じこと言われた」

「……誰に？」

「あ……。い、田舎の友達に」

目が泳いでいる。また嘘をつかれた。悩みを一人で抱え込むタイプではない神谷の事だ。僕ではない誰かに胸の内を明かしているのかもしれない。今まではなんでも僕に相談していたのに。

お役御免になったみたいで寂しいけど、神谷が救われているならそれでいい。

「天野。ありがとね。いろいろと」

神谷の顔に少しだけ元気が戻る。

「神谷が大丈夫だって言うなら、信じるよ」

「うん。でもね、こっちは大丈夫じゃないかも」

そう言って足元を指す。

「ヒールで階段降りるのはダメだね。もう足が痛い」

結局、途中でエレベーターに乗り換えた神谷と別れてオフィスに戻る。

どうして崇司さんを振るようなまねをしたのか。肝心なことは分からないままだが、今は本当の事を僕に話すつもりは無いらしい事は分かった。

仕事を終えたのは午後七時。真っすぐ家に帰れば晩飯を作る時間も、のんびりと寛ぐ時間もあるけれど。少し迷ってから、僕は会社を出ると銭湯に向かった。

目的は無論、風呂に入ること。だが今日は他にもう一つある。浴場にはちらほらと客がいた。その中でもう一つの目的を見つける。明るい髪を丁寧に洗っている男の横に座ると、気付いた男は目を閉じたまま泡だらけの顔をこっちに向けた。

「天野か」

「ど、どうも。よくわかりましたね」

「匂いでな」

普段から清潔を心がけているし、香水を付けているわけではない。僕はカランの真下に置いた黄色い桶一杯に湯を張り、ざばっと一気に頭からかぶった。

「よく会いますね」

銭湯に来たのは三日ぶり。時間も前とは異なる。偶然とするにはあまりに出来すぎている再会。まさか会いに来た一発目から遭遇するとは思っていなかった。

「彼女に怒られませんでしたか。アイスと肉まん」

「うむ。今日は買い食い禁止と言われておる」

僕が今日、銭湯に来た理由はマヨ男に会うためだ。

信じる、とは言ったものの、神谷が崇司さんを断った理由というのはやはり気になってしまい、悪いと思いつつも勝手に推測した結果、もしかして他に好きな人が出来たからではないだろうか、という考えに至った。それは誰か。神谷ができもしない料理を振舞い、財布まで預けているこのマヨ男に白羽の矢を立てるのは、仮説とは言え全くの見当違いではない気がする。

「尻《しり》にしかれてるんですね」

「そんなことはござらん」

見当違いだとしても、神谷と接点のあるマヨ男の人物像をもう少し知りたい。

「風呂ではお嬢に背中を流させておるぞ」

神谷がこの男の背中を？　まさか一緒に風呂に……なんてことは……

「な、な、仲がいいんですね」

「一緒に暮らしておるからな」

「あぁ。……えぇぇぇぇっ？」

最後の方は絶叫だった。

叫びが浴場内に響き渡る。マヨ男は丁度頭から湯をかぶったところで聞こえなかったらしい。何事かと目で窺ってくる人達に「すいません」と下げる頭は混乱を極めた。同棲中《どうせい》？　そんなバカな。神谷が風邪をひいた日にアパートへ見舞いに行ったのは最近の事だ。あのワンルームに居たのは神谷以外にペットのポコ侍だけ。あまりじろじろと観察したわけではないが、そう広くはない部屋に他の住居人、況《ま》してや男の存在をにおわす要素などは無かった。ただ一点、デスクの上を散らかしているわりには部屋がキレイに片付いていたのが気にはなったけれど。

「ところで天野。お主は好いておる女子がいるであろう」

「な、なんですか。急に」

心臓が飛び跳ねた。

「神様はお見通しでござる」

自称神様の神様気取りに冷ややかな目を返しながらも、内心では動揺していた。神谷から僕の事を聞いているのか？　神谷は一度、僕の気持ちに気付きかけた。しかし、嘘ではあるが完全否定した今、僕の気持ちを知るのは僕だけだ。

「いませんよ」

やべ。無意識に手で口元を隠してしまった。嘘つきの傾向。

「嘘などつかずともよい」

見抜かれた！

「初めて会ったときから分かっておった。口は偽りを申しても顔は真実を語る。天野の顔は、誰かを想うておる人間のそれだ」

咄嗟に鏡を覗き込んだが、そこに映っているのは眼鏡を外したこと以外になんら変わりない普段の顔。

「言っている事がよくわかりませんが」

「嘘をつくなと言っておるのだ。人は騙せても神様と自分自身は騙せぬ」

「騙すだなんて……」

「いるのであろう。意中の人が」

「だとしたら、なんだって言うんですか」

「どうして嘘をついた？」

「どうしてって。僕だって本当は嘘なんてつきたくありませんよ」

素直になれたら嘘などいらない。好きだと言えたら騙しもいらない。

「でも、必要な時もあるでしょう」

必要だったのだ。神谷の笑顔を守るためには。

　神谷と初めて会ったのは会社の面接会場だった。髪型もメイクも垢《あか》抜けず如何にも田舎から出てきましたといった印象で、瀟洒《しょうしゃ》な女性が好みである僕には全くタイプではなかった。

　しかし一度話してみると気が合い、仲良くなるのに時間はかからなかった。異性であることを意識しない初めての女友達が出来た事に、素直に心嬉しく思っていた。

　けれどある時、僕の気持ちはなんの兆候もなく突如として変異した。それは毎度のごとく談笑していた時だった。僕は突然。本当に突然に彼女の屈託ない笑顔に恋をしたのである。思いもかけない落とし穴にズボっとはまるように恋に落ちた。その衝撃は言葉にならず声も出なかった。

「彼女を困らせて、顔を曇らすようなことだけはしたくないんですよ」

「ほほう」

「って。あれ。なんでこんな事言ってるんだ。すいません今のは忘れてください」

「天野」

「もう、なんですか」

「それはボディソープでござる」

「あ……」

言われて気づく。慌てて頭で泡立てていたそれを流したが、髪はキシキシになった。いつもなら目を閉じていても分かる備え付けを間違えるなんて。

「疲れておるのか。仕事は忙しいのか？」

「……ええ。まぁ」

通常の仕事に加えて崇司さんの引き継ぎ。暫くは残業が続きそうだが、それはたいした問題じゃない。問題なのはこの男だ。

頭をシャンプーで洗い直している間にマヨ男は湯船に入っていった。体を洗ってから僕も湯船に向かい、マヨ男から少し離れた場所に落ち着く。

「水臭いでござるな。天野は」

すぐに距離を詰められた。それも向かい合わせに。

目の前には気持ちよさそうに湯に浸かるマヨ男の顔がある。心も体もリラックス出来ないまま体は暖まり、風呂を堪能できない不完全燃焼を感じつつ立ち上がる。

「出るのか。ならば、それがしも」

一緒に出てくる。

着替えを預けたロッカーまでついてくると思ったらマヨ男のロッカーは隣だった。

「奇遇でござるな」

「はぁ。本当に」

僕より先に来ていたマヨ男の狙《ねら》った犯行でない事は分かっているが、どうも胡散臭《うさん》い。タオルで丹念に拭いた体に真っ先につけたのはピアスとネックレス。この派手さと言い、馴れ馴れしさと言い、僕の知る神谷には全くもってそぐわないのだけれど、キレイにたたまれた着替えの上に置かれたパステルイエローの財布は信じがたい現実を静かに語っている。

マヨ男の言葉はどこまで信用できるか疑問だが、神谷と親しい関係である事は疑いようがない。もし本当にこの男が神谷の新しい恋の相手であるなら、僕はこの先、一体どうしたらいいのか。マヨ男を知って、どうしたいのか。考えがまとまらない頭をドライヤーで乾かし、先に脱衣所を出た僕はそのまま銭湯を後にした。

◆

いつもより時間の流れがゆったりとしている朝。普段ならニュースと天気予報をチェックしたら消してしまうテレビも、作った朝食を食べながらのんびりと眺めている。まるで休日の朝のようだけど、そうではない。今日は崇司さんの都合に合わせて午後からの出勤になっている。

　平日の朝から時間を持て余すという、滅多にない自由をどう過ごそうかと考えた結果、銭湯へ赴く。

　出勤前に銭湯へ行こうと思い立ったのは、単に平日の昼間から風呂に入るという稀な贅沢を味わう為であり、まさかこんな時間にまでマヨ男に遭遇することはないだろうと思っていた。

「天野。こんな時間に珍しいではないか」

　マヨ男はいつも僕の想像の斜め上を行く。

「どうも」

「明るいうちから入る風呂というのもいいものでござるな」

「そうですね」

　長めの朝風呂を堪能したのであろうおじいさんが、茹《ゆ》でたタコみたいに赤くなった体にタオルをバシバシ打ち付けながら出ていき、湯船には僕とマヨ男だけが残された。

「さぼりか」

「いえ。これから仕事ですけど。あなたこそ」

「それがし神様でござる」

「学生？　社会人？」

「それがし神様でござる」

「そ、そうですか。それは。それは」

その常套句《じょうとうく》は冗談なのか。それともカミサマという実名なのか。最近は変わった名前も珍しくはなく、会社にも目立ってしまう本名を伏せて通称で仕事をしている社員もいる。男はタオルも秩序も纏《まと》わずにだらりと湯に浮かんで鼻歌を歌いだす。なんとも融通無碍《むげ》な神様だ。…………あれ。その曲は――。

「あの。レルスタ好きなんですか？」

「嫌いではないが。お嬢がオルゴールを気に入っていてな。よく聴いておるから耳タコなのだ」

僕が贈ったオルゴールを神谷は聴いてくれているのか。意味深なプレゼントはやり過ぎたかと少し後悔もしたが、やはり贈って良かった。

「…………」

すぐさま喜んだことを後悔した。踊った心が足を挫《くじ》いて我に返る。前回の『背中を流させている』『一緒に暮らしている』といったマヨ男の発言に少なくないダメージを受けていた僕は、マヨ男は単なる神谷の親戚で、ビックリ発言は冗談であると自分に優しい仮説を立てていた。しかし、鼻歌を歌うマヨ男は、つい口ずさんでしまう程に僕の贈ったオルゴールを聴いている。神谷と一緒に、神谷の部屋で。

「いかがした天野。そのような難しい顔をして。今更さぼりを悔やんでも遅いぞ」

「さぼりじゃありませんって」

「ところで天野よ。告白はまだか？」

「急にまた……なんの話ですか」

「とぼけるでない」

前に好きな人の存在を引き出されている。愛の告白はまだなのかと言っているのは分かっている。

「花の命は短いのだ。見せる相手がおらぬとパンティの色も枯れてしまうのだ」

「意味が分かりませんが」

この男の目的がさっぱり読めない。

「熱い湯では体は解せても、嘘で塗り固めた心までは解せぬぞ」

「その嘘つき呼ばわりやめてもらっていいですか」

僕がこの男を探ろうとしているように、この男も〝お嬢〟の男友達である僕を探ろうとしているのか。それにしたって会う頻度が高い。日時も不規則なのに偶然が過ぎる。もしかしたらマヨ男。たまに来る風を装っておきながら毎日朝から晩まで僕を待ち伏せているんじゃないだろうか。

「天野もやらぬか。楽しいぞ」

「この前泳いで怒られてましたよね」

「泳いでなどおらぬ。浮いておるだけだ」

「番頭さんが来たらやめた方がいいですよ。怒られますから」

考えすぎか。流石《さすが》にそんな暇人には…………見えるな。

「天野の意中の女子は今、幸せだと思うか？」

「どうでしょうね。元気そうにはしてますけど」

あんたの方がよく知ってるんじゃないのか。

「天野がしてやれるのは自分の気持ちを偽ることだけでござるか」

「そんな事は。……願ってますよ」

神谷の笑顔から僕はチカラをもらう。対価を払えない僕は、代わりに心から彼女の幸せを願っている。例えそれが僕ではない他の誰かによって齎《もたら》されたものであっても、神谷が笑っていられるのなら、それでいい。

僕は無力で情けない。それでも、願わずにはいられない。

「彼女の幸せを、神様に願う事くらいはしています」

「それがしに願われてもなぁ」

「いや。あんたの事言ってないですから」

「人の願いを叶えるのもまた人なのだ」

「神頼みくらいいいでしょう」

「それがしに頼まれてもだなぁ」

「いや、だから――」

願うだけ。頼むだけ。それは、なにもできていないのと変わらない。神谷がなにを望んでいるのかを知らなければ、嘘をついたところでなにもしていないのと変わらないんじゃないだろうか。

湯加減を見に来た番頭が湯に浮いているマヨ男を睨《にら》み付けたところで僕は湯から上がった。マヨ男も一緒に出ようとしたが番頭に呼び止められる。僕は構わずマヨ男を置いてその場を立ち去った。

◆

通常出勤した翌朝。一台しかないコピー機を使っていると、たくさんの資料を抱えた神谷が隣に並んだ。

「もう少しで終わるから待って」

いいよ、と頷いた神谷は今日も普段通りだ。

「あのさ。神谷」

たわいない世間話を始めるように話を切り出す。

「神谷の周りに、マヨネーズが大好きな人とかいる？」

「へ？　…………あぁ」

きょとんとした神谷だったが、該当者を見つけたようだ。

「いるいる。ポコ侍」

「ポコ侍？」

〝人〟って聞いたはずだけど。

「そう。なんにでもマヨネーズかけちゃうから消費が早くて困ってる」

「狸が自分でマヨネーズかけるのか？」

「うん」

嘘をついているようには見えない。器用に箸を使ってご飯を食べるポコ侍なら、それもあり得なくはないかもしれない。

「どうしてそんな事聞くの？　あ。もしかして私マヨ臭い？」

神谷は自分の髪や腕に鼻を押し付けて体の匂いを確かめている。

「服に匂いが付いちゃってるのかな。マヨ臭い手で畳んでくれてるから」

「畳む。服を？　ポコ侍が？」

いくら器用な狸とは言え、さすがに服は畳まないだろう。訝しんでいると、神谷は途端に狼狽《うろた》えだした。

「た、畳むって言っても、あれだよ。えっと、そう、真似。畳む真似。遊んでるんだよね私の服で……」

嘘だな。

「なるほど……。お待たせ」

複写された紙を手にコピー機を譲り、デスクに着く。

神谷の部屋には服を畳んでくれるような〝誰か〟がいる。手にマヨネーズ臭を付けていそうな、誰かが。

僕の中でマヨ男と神谷の発言が結びついた。マヨ男は普段から神谷の部屋にいる。そして神谷は、服を畳んでもらうような仲であるマヨ男の存在を僕に隠したいらしい。

もしかするとポコ侍は神谷のペットではなく、あのマヨ男のペットなのかもしれない。

今日も崇司さんは外に出ている。僕も片づけなければならない仕事は山ほどあった。昼休憩に出る余裕もなく買ってきたサンドイッチをデスクで頬《ほおば》張り、定時になると残業が確定している僕にコーヒーを差し入れて神谷は帰って行った。


頬に触れる空気の冷たさは、日中の暖かな日差しで忘れていた冬の到来を思い出させた。夜の冷え込みが更に強くなった十月末。そろそろ厚手のコートやマフラーを出しておこうと考えながら会社を出たのは午後七時過ぎ。家では昨夜仕込んでおいたおでんが待っているが、その前に広い風呂でゆっくりしたいと思い立ち銭湯へ向かう。

もう銭湯でマヨ男と遭遇しても免疫が付いた僕は驚かなくなっていた。

湯けむりの中で体を洗っていたマヨ男は、僕に気が付くと手招きをする。

こっそり番頭に確認したが、マヨ男は毎日来ているわけでも、一日中居るわけでもなかった。やはりこれは奇跡を通り越して異常な偶然の重なりのようだ。

「背中を流してやろう」

背中を向けた途端に「憎い恋敵め。成敗してくれる！」といきなり刀で切りつけてくる。そこへ十手を持った番頭が「銃刀法違反で御用だ」と飛び込んでくる。

そんな妄想が脳裏に浮かんで頭を振る。

「いかがした。天野？」

「いえ。ちょっと疲れが溜ってるみたいで。お願いします」

本当に疲れていた。くだらない妄想とはいえ勝手に犯罪者にしてしまった事を胸中で謝りながらマヨ男に背中を任せた。

湯上がりに休憩しているとマヨ男がアイスを買おうと神谷の財布を取り出す。

「買い食い禁止じゃないんですか？」

「うぬ。小銭で財布が重くてな。少し軽くして持ちやすくしてやろうと」

「そんなことしてたら買い食いどころか銭湯禁止になりますよ」

自分の財布から小銭を出して自動販売機の硬貨投入口に滑り込ませた。

「背中洗ってもらったお礼です」

「さすが天野。では貰《もら》い受けるでござる」

銭湯禁止になればマヨ男と会う事もなくなり、侍に侵された僕の頭も自然と浄化されるだろうけど、神谷の財布を守る方を最優先とした。

マヨ男は期間限定のサツマイモ味を選び、もしやとは思っていたけれど、やはり持参のマヨネーズをかけて食べだした。その光景を見かけた他の客が声にならない悲鳴を上げているが、僕は最初程の衝撃もなくミネラルウォーターを飲む。ただ、知り合いだと思われたくないので少し離れる。

　会社での神谷の様子は依然として変わらず、崇司さんの送別会の準備を着々と進めている。他に好きな人ができた。それならそうと言ってほしいが、侍で神様でマヨネーズで。こんな男なら隠したい気持ちもわからなくはない。崇司さんは見た目はチャラいものの殊勝な人だ。マヨ男も見た目がチャラいが中身は侍。話したくても、これじゃ話せないのかもしれないな。

「天野よ。一口やるからしてその熱視線を外してくれ」

「結構です。僕はただ、あんたに興味があるだけなので」

「すまぬが、そのような趣味はござらん。一口やるから勘弁してくれ」

「そういう意味ではないので安心してください。あとマヨアイスは全然いりません」

　空腹のはずなのに若干の食欲低下を感じながら銭湯を出た。

◆

　休日出勤を終えた日曜日の夕刻。塾帰りと思われる小学生が歩く横を、ヘッドライトを点けた車が走っていくと日が短くなったのを感じる。

スーパーで食料を買って自宅マンションに戻り、スーツを脱いで夕食を作り食べる。そして僕は再び外へ出た。向かう先は三日ぶりの銭湯。

マヨ男に会いに行く。約束を取り付けているわけではないが行けば当然の如くそこにいる気がする。

「天野。今日はスーツではないのだな」

「どうも。今日もデニムパンツですね」

やっぱりだ。脱衣所に入るとマヨ男が服を脱いでいるところだった。奇妙な偶然も度重なれば不思議と必然的に思えてくる。

湯船は半分以上が埋まっていて、この銭湯にしては珍しく大入りだった。父親や祖父と来ている小さな子供達の姿もあり、浴場は温かな家族の団欒《だんらん》を垣間見るようなほのぼのとした空気に包まれていた。

「こら。そこの小童《こわっぱ》。風呂はプールではござらん。泳ぐでない」

「いや、あんたも泳いでたし」

注意された子供が「おさむらいだぁ」と何故か大喜びでマヨ男目掛けて容赦なくお湯をかけている。当然、隣にいる僕もそれに巻き込まれる。

「躾《しつけ》がなっておらん」

「たまには賑やかなのもいいじゃないですか」

大人げなくやり返しているマヨ男は楽しそうだ。

「ところで彼女はどうしてるんですか？」

「うむ。今頃は夕餉《ゆうげ》の準備に悪戦苦闘しておるだろう。時間がかかりそうであったから先に風呂を済ませておるのだ」

「ご飯を作って帰りを待ってくれる人がいる。羨ましいですね」

ダシのないみそ汁でも不味いカレーでも、作ってくれる神谷の気持ちを受け止める側にいるマヨ男が素直に羨ましい。

「人を羨む暇があるならば告白いたせ」

「そんな勇気があったとしても、僕の想いは届きませんよ。僕の望みは彼女が笑顔でいる事だけなんです。このままずっと気持ちを打ち明けられなくても、彼女の笑顔が見られるならそれでいいんです」

「それが天野ではない他の男に向けられた笑顔であってもか？」

「彼女には好きな人がいるんです。困らせるくらいなら……」

「素直になればよいものを」

「素直になれたら苦労はないですよ」

湯の掛け合い合戦で身長の差という弱点をつかれた子供が劣勢になってぐずりだす。

「僕も。子供の頃は喜怒哀楽をそのままに表現する素直な人間でしたよ。父親の背広を羽織ってみたりして、なんでもできる大人に憧れたり。でも子供の方がよっぽどなんだってできる」

それと自覚する初恋は五才の時。既婚者であった幼稚園の先生に臆することなく「すき。けっこんして」と言えていた。

「体を隠すために服を着るように、本心を隠すためにアレやコレと身に纏って。大人と呼ばれる年になった今では随分と厚着をして、すっかり身動きが取りづらくなってしまいました」

「今日はよく話すな。天野」

「銭湯って不思議な場所だと思いませんか。子供も大人も。営業マンもＯＢも。赤の他人が寄って集まって、身につけたものをとっぱらって、洗い流して、心も体も裸になって同じ湯に浸かるんです」

「当たり前だ。服を着たまま湯に入る者などおらんでござる」

「彼女が笑っていればいい。そんなのは嘘です。僕が彼女を笑顔にしたい。僕は彼女の笑顔を一番近くで見ていたい。でも、大切なものを失ってしまうリスクを思うと怖い。結局、僕は自分を偽ることで自分を守っていただけです。得られる確信はないのに失うのは目に見えているから防衛本能が先に立ってしまう」

友好関係を崩してしまえば神谷の笑顔は僕から離れていく。考えただけで心臓が抉《えぐ》られるように苦しい。

ふーーーぅ。僕は腹の底から不要物を絞り出すように長い溜息をついた。湯に潜ることでマヨ男の攻撃を凌《しの》いでいた子供が、水面から顔を出して息を吐きだしたのと同じタイミングだった。

「心身裸でいると嘘も窮屈です」

「さようか」

「だから脱ぎます。ここは銭湯だから。着込むのはやめます」

脱いで。脱いで。本音も丸裸。身軽になって湯に浮く身体が芯から温まっていく。

「銭湯最高」

問題が解決するわけじゃない。けど、心の内を誰かに話すというのは、それだけで救われた気になる。話す相手を間違えているのは十分承知だ。でも、神谷が選んだ人だからこそ僕の本音を知っておいてもらいたい。

「ならば。それがしも本音を出そう」

「どうぞ」

「アイス買ってくれ」

「嫌ですよ。彼女の手料理が待ってるでしょ」

「それとだな」

「肉まんも駄目ですよ」

「露出狂にはなるなよ。裸で許されるのは風呂だけでござる」

「なりませんよ」

銭湯を出たら服も着るし、本音だってまた隠す。体温を保つため、一定の関係や規則で結びつく事で繋がっている社会の調和を保つため、丸裸ではいられない僕らは自分に合ったものを着込んで生きていく。上手な人がいれば下手な人もいる。厚着の人や薄着の人。派手な人や地味な人。僕は乏しい重ね着テクニックを駆使して明日も会社に出勤し、神谷に会うのだ。

集まってきた子供達が手を組み、マヨ男に総攻撃を仕掛けだす。これには堪らず降参するかと思ったが、マヨ男は全力で反撃。こんなに騒がしくては番頭が来るのも時間の問題だ。巻き添えは御免なので、マヨ男が湯の中に押し倒された隙《すき》に湯船から出る。着替えを終えて脱衣所を出た時、口をへの字に曲げて男湯へと向かう番頭とすれ違った。その目は嵐を予感させる程につり上がっているように見えた。

◆

崇司さんの送別会計画は水面下で日に日に膨張し、ゲームやら余興やらまるで披露宴パーティーのような壮大さになっていた。これも人脈の賜物《たまもの》だろうが、鼻の利く崇司さんに当日まで隠し通すのには骨が折れそうだ。神谷も企画班に参加している送別会まで、残り一週間を切っている。

毎度の残業帰り。二日ぶりの銭湯でいつものようにマヨ男と遭遇する。「天野」「どうも」のやりとりも馴染んで違和感はなくおきまり化している。

先に湯船に浸かっていたマヨ男の顔は既に赤くなっていたため畳み掛けるように質問する。

「この間の、彼女が肉を焦がしたって話ですけど。タカシさんが転勤とか言ってましたよね」

「うむ。確かにお嬢は肉を焦がしたな」

「それって、タカシさんの転勤を知って動揺してたって事ですか？」

「しまくっておったな」

ずっと憧れていた人なのだ。無理もないだろう。

「タカシとやらに誘われて一度は行こうと決めておったが、直前になって踏み留まったでござる」

「……それは、どうして」

本来であれば神谷の口から聞くべき答え。しかし僕は迷いながらも尋ねてしまった。

「お嬢は自分に素直になれた。ということではないのか」

神谷は崇司さんを選ぼうとしていた。でもそうはならなかった。

「素直になるのは、簡単な事じゃないですよ」

「それでもお嬢は自分で決めたのだ。どこにも行かない、となる。折角の御馳走を蹴ってそれがしと質素な膳を囲んでおった」

どこにも行かずに家にいて、マヨ男と一緒にいた。

「やっぱり、好きなんですね」

この男の事が。

「自分の気持ちが分からぬと嘆いておったが、それがしから見れば瞭然にござる」

マヨ男はちゃんと神谷を見ている。

「ありがとうございました。聞きたいのはそれだけです」

「さようか」

だらりと延ばしていた手足を引っ込めてマヨ男が立ち上がる。

「神谷のこと。お願いします」

僕の呟きはザバっと湯から上がる音で掻き消された。

「何か言ったでござるか？」

「いえ。彼女によろしく」

「そうか。では伝えておこう」

悔しいが諦めるしかない。一番近くで見られなくても、やっぱり神谷には笑っていてほしいと思う気持ちは嘘じゃない。


風呂好きを豪語しても長湯はしないタイプの僕だが、あれから長い時間を湯の中で過ごした。なにも考えず、カラフルに混色するキャンバスを白で塗りつぶすように頭の中をリセットして、ボーっとする時間が必要だったのだ。

すっかりのぼせて湯から上がると、休憩スペースにマヨ男の姿があった。

「随分と長湯であったな。天野」

「まだ居たんですね」

長椅子に腰かけ、鞄から取り出した常備のミネラルウォーターを飲む僕の横に座ったマヨ男は、デニムパンツのポケットから、まるで腰の刀を抜くようにマヨネーズを出した。蓋を外すとそのまま口に突っ込み、そしてゴクゴクと飲みだす。

「ついにその領域へ辿り着きましたか。すごいですね」

「ありがとう」

「褒めてはないです」

神と名乗るマヨ男は、本当の意味でマヨの神様になろうとしているのかもしれない。

「まさかとは思いますが、僕の事待ってました？」

「男を待つ趣味は持ち合わせておらん」

「ですよね」

神谷が帰りを待っているかもしれないのに、こんなところでのんびりしていていいのだろうか。摑み所のない横顔は、夜風に吹かれてガタガタと震えているガラス戸をただ眺めている。

「ひとつ聞いていいですか？」

最後に、これだけは確認しておきたい。振り返ったマヨ男をまっすぐ見据えて問いかける。

「彼女の事、愛してますか?」

言い終わるのと同時に、僕を呼ぶ声がした。聞き覚えのある声に振り返ると「女」と書かれたのれんから出てくる影と目が合った。

「……神谷。一緒に来てたのか」

「お嬢。待ちくたびれたでござる」

「ホントに天野と会ってたなんて……」

噛み合わない会話が飛び交う。女湯から出てきたのは神谷だった。

スッピンでもあまり変わらないその顔は、驚いたと言わんばかりな面持ちで休憩スペースへやってくる。

「だから昨夜言うたであろう」

「いつから?　ねぇ、いつからなの?」

間に挟まれた僕はミネラルウォーターを鞄にしまい、静かに立ち上がった。

「悪いな神谷。ここで彼と会っていたの黙ってて。神谷が話してくれるまでは待つつもりだったから」

「話すって？」

「もう隠さなくても、神谷。この人の事が好きなんだろ」

一瞬。二人の間に流れている空気が止まった。マヨ男はきょとんと自分を指さし、神谷もまた同じようにマヨ男を指している。

『……え？』

二人の声は同時に重なった。

「この人、とはそれがしの事か？」

「他に誰がいますか。なにを今更」

「待って。待って待って。ちょっと待って！」

「神谷。こんな至近距離でそんなに叫ばないで」

キーンとした耳を押さえる僕を無視して、神谷は眉間にしわを寄せながらマヨ男に詰め寄る。

「これはどういうこと？」

「それがしにも分からんでござる」

「そんなわけないでしょ。天野すっごい誤解してるじゃん。ちゃんと説明しないとマヨネーズ枯らす！」

「早まるな。これがなければお嬢の飯など食えぬのだぞ」

「食えぬとか言わないでよ。いつもキレイに完食してるくせに！」

凄《すご》む神谷に狼狽《ろうばい》するマヨ男は僕を引っ張り出して盾にした。

「……誤解って。彼は恋人じゃないの？」

僕の言葉に、吹っ飛んでいきそうな勢いで神谷は首を横に振る。

「違うよ。どうしてそうなるの！」

「でも、一緒に暮らしてるって聞いたけど」

「そ、それは……」

「彼は親戚かなにか？」

「ち、違う、けど……」

「大事な財布預けて。ご飯も作って。風呂で背中まで流してるんだよな？」

「え、えーっと……」

「神谷。彼は変わっているから隠したい気持ちも分かるけど。神谷が選んだのなら僕は応援するよ。だからもう嘘はつかないでほしい。神谷は嘘、超が付くほど下手なんだからな」

今だって必死に嘘をつこうとしているのが分かる。言い訳を練っている目が右上を泳いでいる。本当に分かりやすい。

「ちょっと。隠れてないで、なにか言ってよ」

「うむ。一緒に暮らしておるのも、色気のないブラジャーを畳んでやっているのも真でござる」

「そういう事じゃなくて！」

ブラジャーの件は初耳なんだけど。

「しかし。それがしはお嬢の恋人などではござらん」

うん。うん。と大きく頷く神谷。

「それがし神様でござる」

「違う。違わないけど今それは違う！」

そこへおずおずとやってきた番頭が「喧嘩《けんか》なら外でやってくれ」と言いだした。弁明する間もなく神谷は「すいません」と頭を下げて僕の腕を引っ張る。僕はそのまま外に引きずり出された。

「彼、置いてきちゃってるけど――」

「天野、聞いて」

神谷の双方の目が真っすぐに僕を捉えている。

「たぬ……じゃない。彼はね。一緒に住んでるのは事実なんだけど、そうじゃないの。帰る場所がないって言うから家に置いてあげてるだけで。拾ったの私だから追い出すわけにもいかなくて」

「拾ったって。犬じゃなるまいし」

「うん。そうなんだけどね。私だって本当は犬とか猫とか拾いたかったし」

なんの話をしているのかさっぱりわからないが、神谷が真実を語っている事だけは分かる。

「ごめん。話ズレた。えっとね。どこから話せばいいんだろう？」

「いや。聞かれても困るけど」

「とにかく彼は違うから。恋人なんかじゃないから。ただの同居人だから！」

「う、うん」

神谷の勢いに押されるように頷く。

「折角作ったご飯には文句言うし、何度やめてって言ってもタンス開けるし、マヨネーズの消費は激しいし。困るけど。でも、嫌な奴じゃないし、変わってるけど危ない人じゃないから心配いらないし」

「……うん」

「なんていうか。不思議と色々な事が話せちゃうんだ」

「崇司さんに誘われた時も、彼に相談してたのか？」

気まずそうに神谷が頷く。

「実はね。崇司さんに誘われた日ってね、天野に呼び出されてた日でもあるんだ」

「ごめん。実はそれ、知ってた」

へ？と声を漏らして口をぽかんと開けている神谷に、僕はもう一度「ごめん」と謝った。

「どうして行かなかった。崇司さんのところへ」

「……行こうと思ったよ。でも、行けなかった。あんなに憧れてた人なのに。今の自分は本当に崇司さんの事が好きなのかなって思った時に答えが出なくて。こんなんじゃ崇司さんに会いに行けないって。それで、どこにも行けなくなって」

「それで彼と一緒にいた」

「でも、本当に違うから。嫁に行けとか言うし、お母さんみたいな……じゃないな。けっこうわがままで、弟……でもないな。でも、一緒にいるとね、家族みたいな温かさがあるっていうか。うまく言えないんだけど――」

言葉を必死に捻り出そうとする姿から「分かってほしい」という気持ちだけは伝わ

ってくる。

「分かった」

「……ホントに？」

疑う神谷に、ゆっくりと首を縦に振ってみせる。

「男女が一緒に暮らしてるなんて普通は怪しまれて然るべき状況だし、経緯もよく分からないけど。うまく説明できない事情があるんだろ？」

僕もそうだ。きっと同じだ。

侍で。マヨネーズで。神様で。奇態に至っては他の追随を許さないマヨ男に、また会いたくなるような温かさを感じた理由は、僕もうまく説明できない。

「信じるよ。神谷がそう言うなら」

上着を置いてきたのか神谷は薄着だった。十一月上旬の夜空の下。このままでは風邪をひく。脱いだ上着を肩から掛けてやると神谷は「ありがとう」と笑った。上着の事なのか。神谷を信じた事なのか。

どっちでもいい。神谷の笑顔を、誰よりも一番近くで見られるならなんだっていい。こんな顔をされたら、やっぱり諦めるなんて僕には出来そうもない。

しんと冷たい空気の中。薄着になった僕はこれ以上は脱げないけれど、いつかは着込んだ心を丸裸にして神谷にこの想いを知ってもらいたい。でも、そうするには少し、僕らの間に流れる空気を温めなければならないだろう。激しい温度差で風邪をひかないように。


退勤後の銭湯通いは趣味と言ってもいい。

これからも変わらず僕は通い続けるだろう。ガラスが鳴く引き戸。年季の入ったロッカーキー。言葉少ない番頭。気さくな顔馴染み。映える黄色の湯桶。いつでも晴天の富士山。見慣れた銭湯に見慣れた景色。

でも、そこにもう彼はいない。

あれからマヨ男と遭遇することはなくなった。

高い天井に広い浴槽。開放的な空間で丁度いい湯に浸かれる幸福。正に欣快《きんかい》の至り。しかし少しだけ。本当に微々たるものだけど、以前にはなかった物足りなさを感じる理由を、僕はうまく説明できそうにない。

晩酌の神様

誰にでも願いの一つや二つはあるはずだ。

人から欲を切り離さない限り、世界から願いが消滅するなどはあり得ない。生まれ落ちたその瞬間から天寿を全うするその日まで、人は願いながら生きていく。

消えるまでの流れ星。七夕の織姫と彦星。クリスマスのサンタクロース。未来の世界のネコ型ロボット。人の暮らしには願いを叶えてくれる存在も必然的に生まれる。その中で最も身近なのは神様だろう。

日本の神社の数は有人無人合わせて八万を超えるのだという。有名な神社になると、初詣には毎年大勢の人が押し寄せてニュースにもなる。神に厚い信仰を寄せている人もいれば、そうでもない、苦しい時の神頼みの人もいる。

俺はそのどちらでもなく、そもそも誰かに願いを叶えてもらおうというコンセプトを持たない。共存社会にいるのだから当然のこと誰かに頼んだり頼まれたりはあるが、それは可能であるのを見越した上で、例えば「お前チカラ持ちだからこっちの荷物も持ってくれ」とは頼めても「お前チカラ持ちだから日当たり悪くしてるあのビルあっちに退かしてくれ」とは頼めないように、相手の力量を考えている。

「可愛い彼女がほしい」

「痩《や》せてキレイになりたい」

「世界征服！」

人は様々な願いを抱えて神社に来ているようだが、押し付けるばかりできっと相手の事など考えていないのだろう。

「信也さん。絵馬書きたいんですか。そんなじろじろ見ちゃって」

「いいや。別に」

目に見えない相手の力量を考えろとは言わないけどさ。自分を磨けよ。ダイエットしかないいだろ。世界ってなんだよ。中にはきっと願いを叶えるべく努力して念押しの神頼みをしている人もいるだろうけど。神を信じて縋《すが》るより、自分を信じて生きたらどうかと俺は思うわけで。人々が列をなして買い求めている御守りが、神社側の御為《おため》ごかしに見えるのは流石に軽薄かもしれないが。

「ナンデモカンデモハッピー御守り。ひとつください」

そんな俺が神社に出向いてよく分からない御守りを買う。勿論これには理由がある。

「さすが今流行ってるだけあって混んでましたね。平日の昼間を狙ってきたのに」

「考える事はみんな同じだろ」

今夜は昇進と転勤が決まった俺の同期の送別会がある。企画班の集金で名刺入れや花束などを用意しているが、若い社員の提案で最近話題になっている、持っているとなにかいいことがあるという至極曖昧な御利益が売りなこの御守りも贈ろう、という話になり、外回りで神社付近にいた俺と部下の天野が買いに行く事になった。

「崇司さん。意外とこういうの好きですよね」

「そうだな。占い雑誌で神谷さんとの相性、真剣に見てたし。好きなのかもな」

同期の崇司には、神谷さんという好きな女子社員がいたが、思いを伝えることなく諦めて転勤を決めた。仕事に対しては積極的なのにプライベートになると消極的な彼の性格が最大要因なのは間違いないのだけれど、隣にいる天野にも原因の一端はある。

「天野は自分の買っていかなくていいのか。こんなのもあるぞ」

ハート柄がなんとも分かりやすい恋愛成就の御守りを指す。

「お前。神谷さんの事好きなんだろ？　そんでもって片思い」

天野と神谷さんが懇意な間柄である事は周知されていて、時折冷やかされると「友達です」と言い張っている二人。けど俺にはそうは見えなかった。少なくとも天野は神谷さんを意識しているように見えて疑っていた。

「……信也さん。やっぱり分かってたんですね」

崇司のネガティブな恋愛相談もいい加減聞き飽きていた俺は先日、ここだけはハッキリさせておこうと天野に事情を話した上で必要もない協力要請をし、ブラフをかけた。天野は珍しく動揺し、俺の疑惑は確信に変わった。

「もしかして崇司さんも……」

「あいつには言ってないし、気づいてもいないだろうな」

仕事では才幹を発揮するのに、私情ではとことん鈍い崇司にそんな器用さはない。

「あいつは神谷さんじゃなく昇進を選んだんだ。後はお前次第じゃね－の？」

笑って誤魔化しているつもりだろうけど、天野。眼鏡の奥が笑ってないぞ。

話したくないと言っている口を無理にこじ開ける必要はない。

「信也さんは神様っていると思いますか？」

「存在意義の問題なら興味はないけど。万人の願いを叶えるってのはどうかと思う」

「僕、最近神様に会ったんですよ」

「……お前。疲れてるのか？」

「大丈夫です。そういう名前の人ですよ」

「そうか。へぇ。珍しいな」

御守りを鞄にしまいながら境内を歩いている途中、父親と思《おぼ》しき男と手を繋いでいる小さな女の子とすれ違う。首を上げて父親に語る彼女の言葉が盗み聴きするでもなく耳に入った。「ママの赤ちゃんが元気に生まれますようにってお願いするんだ」

純粋無垢《むく》な願いに天野の顔が綻ぶ。

「叶うといいですね」

「そうだな」

天野は優しい奴だ。見ず知らずの赤の他人の願いが叶えばいいと本気で思っている。俺は違う。他人に興味はない。ただ、神の御加護よりも、あんな天使が付いていればママは頑張れるだろうな。とは思う。


会社に戻る天野と別れ、近くの定食屋で昼食を済ませてから、また別の取引先へ。商談を終えて応接室を出ると、給湯室からダダ漏れしている女子社員達の談笑が聞こえてくるのに気付いた俺は、灰皿が置かれただけの喫煙スペースに移動して煙草に火をつけた。なんて事のない井戸端会議から、会社の近状や重役の素性など思わぬ収入が得られる場合もあるため、悪趣味承知で聞き耳を立てる。話題はあの御守りだった。

「ねぇ。今、N社の鳥居《とりい》さん来てるんだって」

話題が御守りから俺にシフトチェンジされる。

「この前、私が飼ってる猫の写真見せたら可愛いって褒めてくれて」

あぁ。いつか猫画像ごり押ししてきた子か。何十枚も見せられて参ったよ。

「動物好なんだって。猫とか犬とかたくさん飼ってるらしいよ」

嫌いじゃないけど一匹も飼ってない。俺、犬猫アレルギーだし。噂が独り歩きしている。

「鳥居さん、ウチの受付の子と付き合ってるらしいよ。残念」

よくご存じで。でも先週別れたよ。情報収集の詰めが甘いようだね。

話題がネイルサロンに切り替わったところで煙草の火を揉み消した。

ロビーへ向かって歩き出し、給湯室の前を通りかかると女の子達と目が合い、すかさず笑顔（崇司には必殺営業スマイルと言われている）で会釈して通り過ぎた。

「あの笑顔は目の保養になる～」

「ラッキー。これって御守りの御蔭《おかげ》かも」

本人達はひそひそ話のつもりだろうけど、地獄耳でもない俺の耳にしっかり入っている。俺がここにいるのはアポイントメントをとっていたからであり御利益などではない。流行は一種の洗脳に近い。

「鳥居さん。こんにちは」

何度か顔を合わせた事がある女子社員に出くわす。

「こんにちは。布袋《ほてい》さん」

名前で呼ばれたら名前で呼び返すのが礼儀。興味や利益のない事には記憶力が働かない俺にとって、胸元のネームプレートはありがたい。

「あ。肩にゴミついてますよ」

「どうも。すみませ――」

歩み寄る布袋さんは肩のゴミを取る振りをして素早く俺のポケットに何かを滑り込ませた。意味ありげな目を寄こして。

またか。内心では辟易《へきえき》しながらも笑顔を忘れずその場を後にする。受付では、別れたばかりの元カノが笑顔で頭を下げるのに対し、こちらも得意の笑顔で返す。彼女もまたその顔を武器とするタイプだった。


その晩。他社の人間までもが集まり、披露宴かと思うほどド派手な崇司の送別会が幕を閉じ、酔いつぶれた主役を抱えるようにして家に送ってから帰路についた。乗り込んだ終電の中は俺も含めて金曜の夜に見合ったほろ酔いばかり。完全にノックアウト状態な人もいる。居酒屋やらカラオケやらから持ち帰ってきた独特な匂いを放出し合っている車内で、俺は思い出してポケットに手を入れた。出てきたのは案の定、布袋さんの個人的な連絡先が書かれたメモ。

先週別れた彼女も、その前に付き合っていた彼女も、そのまた前の彼女も。はじまりは皆、同じようにこんな感じだ。そこから何度か食事をする。相手が告白されるのを待っている雰囲気になっても俺から行く事はない。そこで痺《しび》れを切らして去っていくか、告白してくるかの二パターンに分かれる。来る者拒まず去る者追わずな俺は大抵、後者と付き合う事になるが、長く続いたためしがない。「思ってたのと違う」「クールな人というより無口で退屈な人」「良いのは顔だけ」などなど。彼女達の捨て台詞。

終わり方も皆同じで、要は振られて終わっている。見た目がタイプというだけで重要視すべき中身は看過して付き合ったりする彼女達も悪いと思うけど、彼氏になっても彼女達に本気になれなかった俺も悪い。

きっとこの先も、誰にも本気にはなれないと思う。

会いたいと願い続けている、あの彼女に会うまでは。

曇った窓ガラスの一部を擦《こす》り、切り取ったような夜空を見上げる。更けていく夜の闇が途方もなく広がるばかりで星ひとつ見えない無情なまでの漆黒に、心の目が冬の大三角と呼ばれるシリウス、プロキオン、ベテルギウスの三つの恒星を映し出す。

今年も、星を見上げる季節がやってきた。漏れたため息がまた窓ガラスを曇らす。

◆

ドアの前に立ちチャイムを鳴らす。反応がないのは想像通り。昨夜に予《あらかじ》め預かっておいた合鍵を使い、遠慮なく崇司の部屋に入る。今日は引っ越し準備を手伝う約束になっている。

「おーい。朝ですよー」

開け放ったカーテンから差し込む太陽光が、二日酔いに苦しんでいる崇司を照らす。眩《まぶ》しそうに歪んだ真っ青な顔は日光に弱いというドラキュラ伯爵《はくしゃく》のようで、このままでは灰になりそうだ。

「飲み過ぎなんだよ。ったく。起きろよ。始めんぞー」

つつくように蹴り起こし、のそのそと起き上がった伯爵の横で段ボール箱を広げていく。崇司の部屋は、明日には引っ越し業者が来ると言うのに片づけている痕跡が無く日常を保ち続けていた。急に決まった転勤に引き継ぎ業務が重なり多忙を極めていたのは分かるけど、これでは一日がかりを覚悟しなければならない。

昼前から始まった荷造りが、夕方になっても終わりが見えない状況に堪らず天野を呼び出した。兎《と》にも角にも箱に詰めていた俺達とは違い、天野はきちんと仕分けをしてから丁寧に梱包《こんぽう》し、運び出す際の破損を防ぐため隙間なく箱詰めすると、封をしたガムテープの上に入れたものを書き込んでいく。更には冷蔵庫の余り物で三人分の夕食まで作る。天野の女子力は高すぎてオカンの域に達している。

無事にミッションをクリアすると崇司から「お礼だ」と言って大きな紙袋を渡される。ずしりと重いその中身は少し値の張るプレミアムな缶ビールだった。持って帰る事を考えろよと文句を言いつつ、ちゃんと俺の好きなメーカーを選んでいるところが奴らしいと少し感心する。崇司は急遽《きゅうきょ》参戦した天野に後日、礼を送ると言っていたけれど、呼び出したのは俺だからビールを分けてやる事にした。

「これからも神谷ちゃんと仲良くな」

笑顔の崇司に言われた天野は一瞬たじろぐも「はい」と頭を下げた。崇司がどんな気持ちでその言葉を口にしたのかは定かではないけど、その顔は晴れ晴れとしながらも惚れた女の幸福を願っている良い男に見えた。

重い紙袋を抱えるようにして辿り着いた一軒の古民家。先祖代々から引き継がれ修繕を繰り返してきた平屋の木造家屋。俺はここで生まれ育ち、今もここに住んでいる。

誰もいない家に明かりを灯す。両親と三人暮らし。鉄板料理屋を営み、朝早くから出掛けて夜遅くに帰ってくる両親と、この家で顔を合わせる事は殆どない。

風呂を沸かして入り、冷やしておいた崇司からのビールとつまみを手に縁側に座る。少しだけ窓を開けて、日中閉め切っていた部屋に冷たい夜風を入れ込んだ。火照った顔に冷たい外気が当たるのを感じながらビールを喉に流す。荷造りというなかなかの重労働を強いられた体にプレミアムはよくしみる。

「ん……？」

突然、風が吹いたわけでもないのに庭の草木がガサガサ音を立てた。

目を凝らすと、庭の隅で動く小さな影が見えた。野良ネコでも迷い込んだか。近寄るだけでもくしゃみがとまらなくなるアレルギーの俺にとってそれは天敵以外の何物でもない。かといって追い出すのも可哀想《かわいそう》だし。俺が出ていくか、と立ち上がった時、それはそろりと茂みから姿を現した。

目が合ったそれは猫じゃなかった。

「…………嘘だろ」

野良犬でもない。アレルギー対象外生物。でもこれは厄介なものが出てきたなと思った。人慣れをしているのか警戒心が薄いのか。トコトコ向かってきたそれは、窓の隙間からひょいっと縁側に入り込むと迷わず俺の隣にちょこんと座った。

「なんでこんなところに、ビーバー……？」

ゆっくりと腰を下ろし、至近距離で凝視するそれは見れば見る程ビーバーだ。齧歯《げっし》類の中ではカピバラの次に大きいと言われているはずなのに、子供なのか随分と小ぶりだ。日本に野生のビーバーが生息しているわけがない。となると……。

「動物園から逃げてきたのか？」

ビーバーはくりくりした黒目で真っすぐ俺を見つめ返す。

「匿《かくま》うのは無理だぞ」

庭には小さな池はあってもダムを作れるような川は流れてはいない。

「うちの柱齧《かじ》ったら怒るからな。さて、動物園に連絡するか。いや、先ずは警察か？」

「ちいと物言わんでおくんなんし」

不意に聞こえた女の声で危うくビールを落としそうになる。

「……今のって、お前か？」

「お前、ではありりんせん。わちきは神様でありりんす」

間違いない。このビーバーがしゃべっている。

「へぇ。すごいな」

ビーバーをひょいっと両手で抱えあげてあらゆる方面から観察してみる。体は柔らかな手触りの毛皮に覆われていて、尻尾は大きく平たい。

「まるで本物だ」

「そうでしょうとも」

「よくできたロボットだな。遠隔操作か。スムーズな会話は人工知能搭載《とうさい》か？」

「ロボではありんせん。わちきは神様でありんす」

「随分と言語設定が古風だな。しかも神様って。製作者の趣味？」

ビーバーは尻尾を振って俺の手を払いのけた。

「一度で覚えておくんなんし。わちきは神様でありんす。大きな桃が流れんした事で有名な川の神様でありんす」

「川の神様。ビーバー。昔話。遊び心が随分ブレてんな」

「川はとうの昔に埋められんしたが、そいでも今はフリーランスで神様でありんす」

哀愁を織り込んだ舞台背景まで用意済みとは。

「それじゃ神様。俺はモニターに応募した覚えとかないんだけど。来る場所間違ってないか？」

「はて。ぬしに呼ばれたような気がしたゆえ、こうして月見の座に参りんしたが」

「べつにお月見してるわけじゃないんだけど」

「美しい月と酒が出ておいでなのに、これを月見と言わずしてなんとするので？」

小さな前足を「ちょうだい」のかたちで差し出すビーバー。まさかビールを要求しているのか。

「風呂上りにここで一杯やるのが俺の日課なんだよ。機械にビールは無理だろ」

「神様に無理などありんせん」

「はよ飲ませんし」と手を引っ込める気配がない自称神様に根負けし「ちょっと待ってって」と踵《きびす》を返す。台所から父親の御猪口《おちょこ》を拝借して戻った。

「壊れても責任持たないからな」

御猪口にビールを注いで渡すと、神様はグイッと一気に飲み干した。

「明媚《めいび》な月夜には焼酎《しょうちゅう》が欲しいところでありんすが。これもまた一興」

飲酒も可能な最新鋭高性能？　毛並み、表情、動作。どれをとっても妥協のないハイクオリティな技術には目を見張るものがあるが、飲酒スペックなんて需要は全く理解できない。

と言うか、あり得ない。何者だ、こいつは。

「酒肴《しゅこう》はないので？」

「え。あぁ、これならあるけど」

神様はアーモンドチョコレートが入った箱を一瞥《いちべつ》する。普段甘いものは食べない俺が酒の摘みにチョコレート菓子を選ぶのにはワケがある。

「ふざけておいでか。ビールの友と言えば枝豆か炙《あぶ》ったイカと相場が決まってござんしょう」

この神様には中年層のにおいがする。

「ふざけてはいない。お土産でもらった、日本には売ってない高級品らしいけど」

俺は構わずチョコレートを食べる。何度食べても思う。甘いものは苦手だ。しかし俺は毎回、つまみにチョコレートを選んで食べている。口の中でとろりと広がる濃厚な甘みとカカオの香り。この味を忘れないために。

あの記憶を風化させないために。

「あぁ。なんと醜怪な。プレミアムが哀れでありんす」

神様は縁側に居座ってなかなか帰ろうとしなかった。壊れる気配もなくビールを飲んでは黙って月を見上げている。やっぱりこれ、ロボットじゃないな。本物のビーバーにしか見えないけど、それならしゃべるわけがない。酔ってるのかな、俺は。

正体不明の珍客。とはいえ小動物を追い出すってのも気が咎《とが》める。どうしたものかと考え、とりあえず無視することにした。

　スマホを取り出し、布袋さんの連絡先を登録してメッセージを作成する。

「彼女？」

　するりと腕によじ登ってきた神様が画面を覗き込む。

「なんとつまらぬ恋文。こいじゃ社交辞令でありんす」

「……文字も読めるんだな。神様のお墨付きならこれでいいだろう」

　送信する。

「社交辞令だから」

「恋話でなんなら酒の肴《さかな》になりんせん」

　むくれた顔が少し可愛く見えたのは酒のせいかもしれない。

「主には好いた人がおいでなのでしょう。どんなお人で？」

「言い切るんだな」

「わちきは神様でありんす」

「……そうだな。忘れられない人なら、いるね」

　酔ってるな。俺。

「控えめな子だけど可愛かったよ」

「過去形でありんすな」

「過去の話だからな。子供の頃に一度会ったきりだ」

俺も欲のある人間だから願いはある。忘れられずに、ずっと会いたいと願っている女の子がいる。しかし今となっては、それは絶望的な願いだ。御守りを持ち歩く程度じゃ到底叶いそうにない。神様を直接持ち歩くくらいでなければ無理だろう。

「面白そうでありんすな。もっと聞かせなんし」

今まで誰にも話したことがない〝あの子〟の事を、素性の知れないビーバー相手になにサラリと話しているのか。

「聞いたら帰れよ」

俺の言葉に頷く神様。理性のある頭とは裏腹に不思議と口は止まらなかった。

「レンちゃんっていう女の子だ。フルネームは知らない。出会ったのは偶然で、あれから二十年間、一度も会ってない」

「たった一度きりで、二十年とは」

今まで誰にも話せなかったからこそ、このしゃべるビーバーなんて嘘みたいな相手に話せるのかもしれない。俺の、嘘みたいな話を。

「随分と一途《いちず》で」

「そうでもない。今まで何人も彼女はいたよ」

「主はさぞかしモテるのでしょうな」

「否定はしない」

「素直でありんすこと」

「好意を寄せてくれる人は沢山いる。でも誰とも長続きはしないんだ。俺が本気にならないせいで」

三十一にもなって女を取っ替え引っ替えするなと、崇司に小言を言われている。

「主の心に住み着いたレンちゃんとやらは、随分と太い根を張っているようで」

「今どこで、どうしているかもわからないレンちゃんの事はもう忘れよう。そう思っても、うまくいかない。彼女に会いたいって気持ちがどうしても勝るんだ」

「会えばよいでありんしょう」

「出来ればとっくにそうしてる」

ため込んでいたかのような深く長いため息が出る。吐き出した分だけ、なんだか気持ちが軽くなった気がした。

「酒がなくなりんしたし、約束通り帰りんしょう」

一缶のビールを分け合って飲んでいたらあっという間に空になった。窓の隙間から縁側を降りた神様は「また明日」と言い残し、そのまま庭を横断して闇夜の中に姿を消していった。

また明日ってどういう意味だ？　首を捻りながら空になった缶と御猪口を片づけようとした時、一粒しか食べた記憶が無いチョコレートがあきらかに減っているのに気が付いた。いつの間にこんなに食べたんだ。俺？

◆

昨日は崇司の荷造りの手伝い。今日は親の店の手伝い。手伝いなんて如何にも良心的だけど、彼女も趣味もない俺には他にこれといってやることが無い。

創業三十三年。座敷の畳は色褪《いろあ》せ、テーブル席の椅子に置かれた座布団もくたびれている。親と二人のアルバイトだけでやっている小さくて古い店だが、十時の開店から客は入り、昼にもなると全ての席が埋まる。自称看板娘の母親は忙しく店内を動き回り、厨房《ちゆうぼう》では父親が黙々と手を動かす。俺はその横でひたすら皿を洗い続ける。

ピークを過ぎた午後二時に賄《まかな》いを食べて帰宅すると、スマホに布袋さんから食事のお誘いが届いていた。

すぐさま電話をかけて了承した俺は完全に仕事感覚だった。好意を寄せてくれる彼女に対して、社交辞令の姿勢である事に全く罪悪感は無い、といったら嘘にはなる。だから、自分からアクションはしないようにしている。きっと今までと同様に布袋さんにも本気にはなれないと思うから。タイプであるない云々《うんぬん》の問題じゃない。俺自身の問題だ。

一カ月前の十月上旬並みの暖かさを取り戻していた今日も、夜になると本性を現して冷たい空気を張り巡らせている。布袋さんとの食事から帰宅してすぐに風呂を沸かし、湯船に肩まで浸かって体を芯から温めた。

風呂から出ると湯冷めしないように一枚多く羽織って縁側に座る。良く冷えたプレミアムビールの缶を開けようとした時、視線を感じて目をやると庭にビーバーがいた。

「…………」

ビーバーと目が合う。実はこの瞬間まで昨夜の珍客の事は忘れていた。

また明日。最後に言い残していった言葉が蘇る。本当に来ちゃってるよ。さて、どうしたものかと思案する間も与えず、ビーバーは前足を真横にスライドさせるような仕草を繰り返す。窓を開けろと言っているのは分かるけど、拒否してみようかという考えが脳裏を過《よぎ》ったタイミングで、今度は柱を指差しながら前歯を光らせた。なるほど。窓を開けろ。柱を齧るぞ。なんて分かりやすいボディーランゲージ。開けざるを得ないなこれは。

沓脱石《くつぬぎいし》に飛び乗った神様は開けた窓の隙間からするりと中へ入ってきた。

「昨日のは夢じゃなかったんだな。何の用かな。また迷い込んだか？」

「主に会いに参りんした」

「人違いだと思うけど」

「ちいともそんな事はありんせん」

小さな手を差し出して御猪口を要求する。齧られても困る俺は素直に従う。台所から戻ってくると、開けた覚えのないチョコレートの箱が開いていた。

「あのさ。もしかして昨日、食べた？」

知らん顔をするその口には、アーモンドチョコレートに塗《まぶ》してあるココアパウダーが付いている。絶対に食べている。酒の肴にチョコレートはふざけてるだとか醜怪だとか言ってなかったか。

「酒飲んでチョコ食べて人の言葉話すビーバーなんているわけないだろ。お前は一体なんなんだ？」

「もうお忘れか。わちきは神様でありんす」

「……化け物とか、別に嫌いじゃないけどさ。取り憑《つ》くのはやめろよな」

物覚えがお悪いようで、とあきれている神様に、これ以上の追及は無駄になりそうだと諦める。どうせなにを言っても神様だと主張するんだろう。

「それより主、今宵はデートでありんしたか？」

ビールをなみなみと注いだ御猪口を両前足でしっかり抱えた神様は、詮索する声色で見上げていた月から視線を俺に移した。

「どうしてそう思う？」

「質問に質問で返すのはよしなんし」

「女の子と会ってたけど、大事な取引先の子だから仕事みたいなもんだよ」

「昨夜の、社交辞令の女でありんすか？」

「当たり」

ごくごくと喉を鳴らしながら、俺は神様がそうっと忍ぶようにチョコレートを口へ運ぶのを横目で見ていた。やっぱり食べている。音を出さないためか一口でいったそれをゆっくり咀嚼《そしゃく》していたが、アーモンドをカリッと噛《か》み砕いたところで目が合った。それでも知らん振りを貫き通す構えの神様は徐《おもむろ》に振り返り、縁側に連なる和室の一角を目で指した。客間であるそこには来客用のコートハンガーがあって、今は俺が今日着ていたカジュアルジャケットが一枚かかっている。

「香水と化粧が濃い女でありんすね」

ビーバーの嗅覚《きゅうかく》がどれほどかは知らないけど、人間とは比較にならない動物的嗅覚が神様にも備わっているらしい。確かに今日の布袋さんは厚化粧で香水も主張が強かった。年齢不詳だけど俺よりは年下だろう幼顔の彼女には御世辞にも似合っているとは言い難く、まるで大人を真似て背伸びをしている子供のように見えた。

「普段はそんな事ないんだけどね」

「気合いに本気度が窺えるでありんす。お付き合いするので？」

「どうかな」

「相手に不満でも？」

「そんなことはないよ」

「そいでも主は本気になれんせん。忘れられない人がいんすからなあ」

酔っていたとはいえ、誰にも話さずにいた胸の内をさらりと神様に打ち明けたのは信じがたい事だった。

「酒はまだ、たんとありんすから。今宵はゆっくりレンちゃんの話を聞かせなんし」

それでも話したことを後悔していないのが不思議だ。

「……二十年前になる」

チョコレートを一口齧ってから俺は口を開いた。

遠い記憶に手を伸ばしてレンちゃんの面影を手繰《たぐ》り寄せる。会いたいと願いつづけながら、いい加減に気持ちに区切りを着けたいとも思っている俺は、この矛盾をきっと誰かに話したかったのかもしれない。

「レンちゃんに会ったのは二十年も前になる。昨日も話したけど、後にも先にも会ったのは一度だけだ」

「歳月流るる如しと言いんすが。たったの二十年も、人にしてみたら長い歳月でありんしょう」

「二十年を『たった』とか言える辺りが気になるんだけど」

「つまらぬ事を。さ、続けておくんなんし」

先を急かされ、レンちゃんと出会った日の事を思い返す。

「……あの日は晴れていて、俺は友達とバスケをしてたんだ」

二十年前。俺はスポーツが大好きな小学生だった。部活では水泳と陸上を掛け持ちし、土日は決まって自転車に跨《また》がって学区内にある運動公園へ遊びに行っていた。

その日は広場で友達とバスケをしていた。集まったのは十人。二つのチームに分かれてプレーしていた時だった。敵に挟まれ身動きできなくなった仲間に俺は手を上げた。バウンドパスが来るのを想定してボールを取りに走ったが、敵の死角に入って俺を見失った仲間は的外れな方向にオーバーヘッドパスを繰り出した。ボールは隣でバトミントンをしている一人の女の子目掛けて飛んでいく。

このままじゃぶつかる。俺は全力疾走してボールに手を延ばした。気付いた女の子の悲鳴があがるのと、間一髪のところで俺の手がボールを弾いたのは同時だった。

「ごめん。大丈夫?」

落としたラケットを拾って渡すと、女の子はショートカットが似合う小さな顔に怯えた表情を浮かべたまま小さく頷く。見かけない子だった。一緒にバトミントンをしていた女子が駆け寄ってくる。

「もう。気をつけてよ。鳥居君がいなかったらぶつかってたんだから!」

ボールを投げた奴に口を尖らせたこっちの女子は、同じ学校の同じクラスでよく知った顔だ。

「ありがとう鳥居君。友達を助けてくれて」

「知らない子だけど、同じ学年?」

「同い年だけど、レンちゃんは他の学校の子なの。塾が一緒なんだ」

レンちゃんと呼ばれた女の子はペコリと小さくお辞儀をした。クラスの女子とは対照的で物静かな印象だった。

日が陰り始めて子供達がちらほらと帰りだすなか、俺達も解散した。鍵を解除して自転車に跨ったところで「鳥居君」と俺を呼ぶ声がした。ような気がした。空耳かと思いヘルメットを被ったところで今度は後ろから肩を叩かれる。振り返ると、そこにはショートカットの女の子、レンちゃんが立っていた。

「あ、あの……さっきは、ありがとう。これ……」

今にも消え入りそうな声でレンちゃんが差し出したのは小さな袋に収まった、手作り感のあるチョコレートだった。

「もしかしてキミが作ったの？」

「うん。あの、たくさん作ったから……みんなに配ったんだけど、一個余っちゃって。あの……余り物でゴメンナサイなんだけど。も、もし良かったら」

「くれるの？　ありがとう」

受け取るとレンちゃんはホッとしたように笑った。まるで微かな明かりが灯るように笑う子だった。小さく手を振り去っていくレンちゃんに三つの星の残像が浮かぶ。

チョコレートを差し出した彼女の手の甲。親指の付け根辺りにあった三つのホクロが、まるでプラネタリウムで見た冬の大三角みたいだと思った瞬間から、もうホクロがシリウス、プロキオン、ベテルギウスにしか見えなくなっていた。

甘いお菓子よりはスナック菓子の方が好みだけど、お腹がすいていた俺はその場で一つ、レンちゃんのチョコレートを頬張った。とろっとした甘さが口いっぱいに広がる。こんなにおいしいチョコレートを作れるなんてすごいなと素直に感動した。一度に食べてしまうのがもったいなくて、六個入っていたのを二個ずつ、三日かけて食べた。次に会えたら美味しかった事を伝えてお礼を言おうと思っていた。

でも、次の休みも、そのまた次の休みもレンちゃんは公園には来なかった。

気付けば俺はレンちゃんの事ばかり考えるようになっていた。一カ月が過ぎてもレンちゃんには会えず、塾で一緒だと言っていたクラスの女子に聞こうと放課後呼びだしたら突然に告白され、断るとその子は泣きだしてしまい、とてもレンちゃんの話題には触れられなかった。

結局聞き出せないまま翌年にその子は転校が決まり引っ越していった。レンちゃんに会えないまま彼女と繋がる唯一の人脈も失い、それでも忘れられずにいた俺は、月日が過ぎていくたびに薄らいでいくレンちゃんの姿をなんとか脳裏に留めながら大人になった。

「一度しか会った事が無い、居場所もフルネームすら知らない女の子を二十年も思い続ける事になるとは。あの頃は夢にも思ってなかったよ」

お猪口を舐《な》めるようにしてビールを飲みながら、神様は余所見一つしないで俺の長い話に耳を傾けていた。話していると、もっと聞いてもらいたいという衝動にかられて歯止めが利かなくなった。事細かに話すつもりは無かったのに気が付けば、話していた。

「差し詰め、これはレンちゃんの記憶を繋ぎ止める道具でありんすな」

神様はアーモンドチョコレートを掲げると開き直ったように口の中へ放り込んだ。

「お主は重篤でありんす」

「病気だって言いたいんだな」

「なんと哀れな。レンちゃんとて適齢期。既に将来を誓い合った殿方と子を設けて幸せにくらしておるかもしれんせん」

「だといいな」

「おや。それで良いので？」

「俺の病気には、それが一番の薬になる。もしレンちゃんの幸せそうな姿が見れたら収拾もつくだろ」

「だから主は会いたいので？」

「会いたいね。会って、彼女が幸せでいるか知りたい。それだけでいい」

もう会う事は叶わないだろう。もし会えたとして今更、気持ちを告白するつもりはない。ただ、彼女が幸せでいるかどうか。それだけが知りたい。

「それが知れたら主の異常な恋煩《わずら》いは完治するので？」

「少なくとも。先には進める」

誰に対しても本気になれない状況を打開できるような気がする。

「もし、そうでなんなら？」

「……？」

もし、レンちゃんが幸せでなかったら………。

「まぁ。考える必要はないだろう」

奇跡が起きない限り二度と会う事はない人を勝手に杞憂《きゆう》するなんて、取り越し苦労も甚《はなは》だしい。流石に俺もそこまで阿呆《あほう》じゃない。

「誰かに話すってのも治療みたいなもんだな。改めて自分の特異性が見えた」

「わちきから見んしたら人は皆なにかしら患った患者でありんす」

「そうかもな。異論は無いよ」

空のお猪口にビールを注いでやろうと缶を傾けたが、缶は既に空だった。気が付けばチョコレートも一粒残らず消えている。

「酒がなくなりんした。窓を開けておくんなんし」

言われたとおりに窓を少し開ける。

「また明日」

神様はそう言って窓の隙間から寒い庭へと降りていく。

「また明日も来るのか？」

俺の問いに答えないまま、神様は月明かりも届かない暗闇の中へと消えていった。

冷たい外気にすぐさま窓を閉め、ガラス越しに見上げた夜空には冬の大三角が瞬いている。いい年した男がお星様を眺めるなんて、俺以外には天文学者くらいしかいないんじゃないだろうか。

いや、天野なら眺めていてもおかしくはない。寧《むし》ろ似合う。

「あいつも、患ってんな」

自他ともに認める仲の良い友人。そんな関係を崩したくなくて逡巡《しゅんじゅん》しているんだろうけど、神谷さんへの気持ちにハッキリとした自覚を持ってしまっているあいつには現状維持も厳しいところだろう。拗《こじ》らせて悪化しなければいいけど。

空のビール缶とチョコレートの箱。縁側に転がる奇妙な晩酌の残骸。人の心配するより、化け狸ならぬ化けビーバーに胸の内を明かしている自分を心配した方がいいかもしれない。

◆

崇司の支店移動で多忙を極めていた仕事もようやく落ち着き、珍しく定時で会社を出た翌日。親の店を手伝ってから晩御飯を食べ、家に帰ると風呂に入る。そして風呂上がりの定位置である縁側に座った時、計ったようなタイミングで今日も神様は現れた。

「本当に来るんだな」

窓を開けた途端、隙間から身を乗り出すように縁側へ入ってくる。

「今宵もビールにチョコレートでありんすか」

珍客の再来を考慮して一本多くした缶ビールと生チョコレートを見下ろした神様は

あからさまに不服を漏らす。それでも用意していた御猪口を手に俺の横に座る。

最初は互いに黙って静かにビールを飲んでいた。一緒に飲んでいるのがビーバーだろうとなんだろうと、一日の終わりに飲むプレミアムビールは旨い。

「主よ」

生チョコレートは初めて見るのか、付属の串を刺してやったそれをまじまじと眺めた神様が口を開いた。

「ほんにレンちゃんに会いたいのなら、その友であるクラスの女子とやらを探せばよいではありりんせんか」

「難しいな。今はもう、名前も顔も忘れてるから」

昔から興味のない事柄はさっぱり頭に残らない性質だ。どこの塾に行っていたのか。誰と仲良くしていたのか。一度しか同じクラスになっておらず、二十年も疎遠になっている女の子の詳細を思い出すというのは容易《たやす》くはない。転校していったから卒業アルバムにも女の子の事は載ってはいない。

「主を好いて告白までした女子を、そうも簡単に忘れるので？」

「告白なら数え切れないほどされてきたから一々覚えてない」

「主は、顔は整っておいでても性格がひねくれておりんす」

「自覚はしてる」

どうしてもレンちゃんに会いたいと思った俺は中学生の時に一度、転校していった女の子を探そうとした事があった。

「控えめなレンちゃんとは違って、その子は活発で友達も多かったと思う。でも、誰に聞いても引っ越し先は知らないって言うんだ。連絡を取り合ってる人はいなかった」

転校の話も唐突だった記憶がある。今思えば不自然なくらいに。登校時間を過ぎても教室に来ない女の子を女子達が心配しだした時、教壇に立った先生が「――さんは転校します」と突然に言い放った。言葉を失った女子達の中には泣き出す子もいた。

「主に振られんしたのが余程ショックだったのではありんせんか？」

「余程の事情があったんだろ。別れも言わず転校を余儀なくされるような」

転校する数日前から様子がおかしくて心配していた、という同級生もいたが、その理由を知る者もいなかった。

神様は生返事を寄越してチョコレートを頬張る。

「そいで。あの社交辞令の女とはどうなりんしたか？　あれには優しくするので？」

布袋さんの事か。随分なあだ名を付けたものだな。俺のせいだけど。

「どうなるもまだ、昨日食事に行ったばかりだしな」

「発展はなしでありんすか」

「発展なしと言えば――」

思わず口走ってしまった言葉を慌てて止めたが、遅かった。神様は「はよ言いんし」と先を促す。「なんでもない」が通用しそうな相手じゃなさそうだ。

「俺の部下が、同じ会社の女の子と周囲も認める仲の良い友人関係にあるんだけどさ」

素性の知れないビーバーに他人の情報を漏洩《ろうえい》するのは気が咎めるので、天野と神谷さんの名前は伏せて話すことにした。

「男女の友情とは。難儀でありんすな」

「そうかもな。部下の方はしっかり相手を異性として意識してる」

「惚れているので？」

「そうらしい。けど女の子の方は、よく分からなくてね」

神谷さんは崇司に好意を寄せていたように俺の目には見えていた。しかし、神谷さんは崇司のデートの誘いを断り、支店へ移動になった崇司を笑顔で見送っていた。という事は、本命は天野なのか。そう考えていたけれど。

「二人はずっと友人のままで一向に発展しない」

ビールを飲みほして手を伸ばした先。九粒入りだった生チョコレートの箱は既に空だった。

「いつの間に食べたんだ」

「主は、むぐむぐ。人の心配が、もぐもぐ。できる立場か」

神様の頬はもごもごしている。

「本当だよな」

呟いたのと同時に傍らに置いていたスマホの画面が光る。布袋さんからメッセージが届いていた。

「そろそろ変わらないとな。俺も」

子供のままでいる記憶のレンちゃんとは違い、俺は大人になっている。そろそろ体に見合った心の成長を遂げなければ、本当に誰とも向き合えなくなるかもしれない。

スマホ画面を見つめていた俺の横で、空になったビール缶と御猪口を転がした神様が立ち上がる。

「窓を開けておくんなんし」

夜風を入れるようにそっと窓を開けた。

「また明日」

ビールとチョコがなくなれば帰る方式のようだ。さっさと縁側を出ていく神様。

「また明日」

初めて返事を返した。

冬の大三角が輝く夜空の下。庭を走っていく神様の姿は暗闇の中に溶けていった。

◆

付き合いには快く応じても、自分からは神谷以外に滅多に誘わない天野から、飯に誘われるという希有《けう》が起こったのは翌日の仕事終わりだった。

案内されたのは創作料理店。カウンターやテーブルの椅子が一つ一つ異なったデザインをしているなど、家具や装飾に店主の拘《こだわ》りが窺える洒落《しゃれ》た店内にはカップルや女性客が多く、実に天野らしいチョイスだった。

小一時間話して店を出た俺はそのまま帰宅し、風呂に入って縁側の定位置に着いた。間もなく庭に姿を現した神様は、開けた窓から入ってくるなり顔を顰《しか》める。

「粋狂な。男と飲んで来んしたね？」

恐るべき神様の嗅覚。ステルス技術でも持たないと丸裸だな。

「部下と飲んでたんだよ」

「女友達に片思いの、あの部下でありんすか？」

そうだよ、と頷いた俺に神様はニヤリと口角を上げた。聞かせなんし、とでも言っている顔だ。

並んで縁側に座り、ビールを開ける。崇司からもらったプレミアムも今夜で最後だ。

「あいつが誘ってくるなんて珍しいんだ。最初は仕事の話をしてたけど、お洒落な店に男二人で長居する気もなかったから要件を急かしたら案の定、女友達の話」

「相談されたので？」

「相談というか。見守ってくれと言われた。要は余計な手出しは無用だと」

神谷さんの事が好きだとあっさり白状した上で、現時点で告白は無理だから煽《あお》らないでほしいと言われた。どうやら崇司の事もあって天野は俺の事を世話焼きタイプだと誤認している。

「可愛げのない部下でありんすな」

「己の無力さに泣きついてきた同期《やっ》よりはマシだけど。どいつもこいつもガキみたいな恋愛をする」

「主もでありんす」

その通りだから頷くしかない。

「最初で最後の御節介として助言しておいた。告白が無理ならプロポーズしろってな」

「支離滅裂な助言をする上司でありんす」

そんなに叩かないと渡れない橋なら飛び越えてしまえばいい。足元を見る勇気が無いなら前だけ見ていればいい。後戻りが出来ないのなら進むしか道はないだろう。神谷さんしか見えていない天野には脇道なんてものは無い。

「これを冗談ととるかどうかは、あいつ次第だ」

「この上ない御節介でありんす」

「目を丸くした部下の顔が脳裏に焼き付いてるよ」

無責任な俺の発言に激怒しているというような顔ではなかった。

かく言う俺はどんな顔をしていただろうか。冗談で言ったつもりは微塵《みじん》もなかったけれど、崇司が言うには、俺は心情が察しずらい顔をしているらしい。

「ところで。チョコレートはどこでありんすか？」

最初の一杯をやり終えた神様が辺りをきょろきょろと見回している。

「その嗅覚があれば無いのは明白だろ」

「ない…………ので？」

「昨日買ったばかりのやつも、もう食っちまったし。今日は買ってないよ」

神様はビールもチョコレートも、あるだけその小さな腹に収めてしまう。

「でも、もういい」

立ち上がって台所へ向かい、茹でておいた枝豆を手に戻った。

「レンちゃんにはもう会えない。分かってたんだけどな。俺は現実を見ているようでそうじゃなかったのかもしれない」

レンちゃんの、あの日の面影を忘れたくない。とろりと口の中に広がる甘さは記憶を繋ぎ止めるためのアイテム。しかし、それは結局、俺自身を過去に縛り付けていただけで、良薬ではなかったんだ。

「俺もそろそろ折り合いをつけて病と向き合って、過去ばかり振り返らずに先の未来に目を向けよう。そう思うようになったんだ」

だからこそ天野にあんなお節介が言えた訳だけど。

神様にレンちゃんの話をしたのは間違いではなかった。ただ話しただけなのに、内に秘めていたものを外に出しただけなのに、それだけで壁を取っ払ったように視野がぐんと広がり、今まで見えなかったものが見えたような気がした。飲み食いしながら耳を傾け、思った事はそのままを口にする奇妙なビーバーとの晩酌の場で、俺は不思議なほど素直になれている。そこには自分の知らない自分がいた。

「神様の言うとおり。ビールにチョコレートは正直どうかなって客観的には思ってたんだ。今日からは枝豆にするよ」

「は？」

神様のつぶらな黒目がより一層闇を纏い、御猪口に注ごうと両手に抱えているビール缶がペコンと音を立てて凹《へこ》む。

「どうした。炙ったイカの方が良かったのか？」

皿に盛った塩ゆでの枝豆を見下ろす神様の顔が、だんだんと険しくなっていく。

「チョコがない………チョコが………」

尻尾を抱えるようにして蹲《うずくま》る。その背中は震えていた。

「寒いのかな。おい、大丈夫か？」

「大丈夫じゃなーーーーい！」

弾けたように立ち上がった神様が絶叫した。

「ビックリした。なんだよ急に」

「大丈夫じゃないし。全然大丈夫じゃないし。チョコがないなんて無理だし死ぬし！」

「……チョコ、食べたいのか？」

激しく首を縦に振る神様は猟奇《りょうき》的だ。震えていたのは禁断症状か。アンチチョコレートだったはずの神様が、いつの間にかチョコレート中毒になっている。

「この浮気者。そんなに枝豆がいいなら社交辞令の女とでも食ってろっつーの！」

「落ち着けよ。花魁《おいらん》言葉はどうした。ってか、食ってるし」

鼻息を荒くして乱雑に枝豆を鷲《わし》掴む神様は房ごと齧って食べていた。

「あーもう。我慢ならんし。買ってくるでありんす」

枝豆が無くなると、落ち着きと花魁言葉を取り戻した。

「ビーバーには無理だろ」

「わちきは神様でありんす」

「神様にチョコを売る店なんてないと思うけど」

「道理は心得ておりんす。窓を開けておくんなんし」

帰るのか？と、首を傾げながらも言われたとおりに窓を開けてやる。するりと庭に抜け出た神様は、眠るように静かな人工池に向かっていく。俺も後を追うようにして庭に飛び出し、なにを始める気かと見守る中、池のほとりに座り込んで全身を擦るように毛づくろいを始める。池に入る気かと思った次の瞬間。それは本当にあっという間の出来事だった。

瞬きしたら見逃してしまうほどの速さで神様が人間に姿を変えた。

「俺、酔ってんのかな。神様が人間に見えるんだけど？」

「人間になりんしたから。当たり前でありんす」

身に染みるような外気の冷たさ。これは夢じゃない。さすがは神様。しかし、ビーバーが飲んで食ってしゃべってる時点で十分に驚くべき事だけど、それを更に上回る非現実的な光景を目《ま》の当たりにしながらどこか驚愕《きょうがく》しきれずにいるのは、人間になった神様の容姿にあった。

「……あのさ。どうせ人間になれるなら世界観は守るべきじゃないか？」

「待ちんし。今、前髪を整えておりんす」

小さな庭園灯の明かりを頼りに池を覗き込むようにして、水面を鏡代わりに前髪を微調整している神様は二十歳前後の女の子になっている。

ボブヘアーに大きなリボンの装飾を付け、透き通るような肌にチークを塗り、カラフルなシャツの上にピンクのパーカーを羽織り、色も形もなんだかふわふわした短いスカートを揺らして、星柄のスニーカーを履いている。

「花魁じゃねーのかよ」

「わちきは神様でありんす」

「キャラが散らかり過ぎなんだよなぁ」

「散らかった前髪はもう直しんした。これで買いに行けるでありんす」

「ちょっと待った」

チョコレートが似合いそうな原宿《はらじゅく》系少女の神様を引き止める。

「俺も行くから。ちょっと待ってろ」

いくら化け物とはいえ女の子を一人で暗い夜道に出すわけにはいかない。仕方なく部屋に戻って財布を掴むと、神様を連れて近くのコンビニへ向かった。菓子売り場をスルーした神様は、スイーツが並ぶ棚にあった高級路線のチョコレートを選び、ほくほく顔で縁側に戻ると早速ビール片手に食べだした。

「主は食べないので？」

「俺はいい」

もうチョコレートは食べなくてもいい。

レンちゃんの面影は遠くぼやけてしまっても、俺の記憶から彼女の存在が完全に消える事はないだろう。消す必要もない。夜空に光輝く冬の大三角を見上げながらレンちゃんの幸せを信じて、俺はこの先を進むと決めた。

「もちっと飲まんし」

「いや、それ俺のだから。……今更だけど神様。未成年って事はないよな？」

俺の質問には答えず原宿系少女の神様は飲み食いし続け、ビールもチョコもなくなったところで立ち上がると自分で窓を開けて外へ出ていく。

「また明日」

夜も更けたこの時間。少女の姿のままで帰るというなら送っていかないと。そう思って俺も立ち上がったが、既に神様の姿は消えていた。足音すら聞こえなかった庭では風に揺れる草木が、かさかさと乾いた音色を奏でていた。

◆

次の日の夜はいつもより帰りが遅くなったが、それでも風呂上りに縁側に座ると神様は庭にやってきた。いつものようにビーバーな神様は開けた窓からするりと縁側に入ってくると、見慣れないものを目にして一瞬だけ立ち止まる。

定位置には畳一畳分程のホットカーペットが敷かれていた。毎年、炬燵《こたつ》が恋しくなる時期になるとお目見えするこのホットカーペットは、尻を冷やすと尻風邪をひくという持論を持つ母親が頼みもしないのに出してくれる。

「これは？」

どうぞ。と、隣を勧めると神様はカーペットの上に寝そべった。

「母親の愛情ってやつかな」

「ぬくいでありんす」

小さなカーペットの上で身を寄せ合うようにして座る俺たちは、傍から見ればさながら仲睦まじいペットとその飼い主だろう。

「今宵はデートでありんしたね。社交辞令の女と」

今日も香水が主張していた布袋さんの匂いを嗅《か》ぎつけたようだ。

布袋さんはかなり行動的だ。メールは毎日欠かさず来ているし、前回も今回も店を予約してくれていた。

「付き合うので？」

神様の問いに、俺は得意の笑顔で誤魔化そうとした。

「誤魔化そうとしても無駄でありんす」

この技は人間にしか通じないか。

「まだ付き合うとかではないけど。楽しかったよ」

積極的な布袋さんだが、他の女の子みたいに付き合いを迫ってくることはない。

コンビニで買ってきた高級路線のチョコトリュフを出すと神様の口が綻《ほころ》んだ。一緒に買ってきた安いビールも、文句を言わずに御猪口に注いで飲み始める。

「そいで。社交辞令とはどんな話をしたので？」

「今日は、転勤した俺の同期の話をした。元気でやってるって教えたら喜んでたよ」

どこに行っても誰に会っても気さくに声を掛ける崇司は、呆れてしまう程に顔が広くて布袋さんとも知り合いだった。

「それから？」

「休みの日はなにしてる、とか」

「まるで幼子のデートでありんす。社交辞令は背伸びした子供なので？」

「成人だよ。まぁ、俺よりは若いけど。彼女と話していると不思議な感覚を覚える」

「詳しく聞かせなんし」

「落ち着くんだ。まるで昔から知っているような懐かしさがあってさ。勿論そんな事はないんだけど」

楽しく会話、というよりは彼女が一方的に話している方が多いけど、濃いメイクや香水も気にならなくなるぐらい布袋さんの向かい側は何故か居心地がいい。行く店が毎回、小洒落たレストランなどではなくて居酒屋であるのも、和気藹藹《あいあい》とした親の店に慣れている俺には良かった。

「付き合うので？」

「しつこいね」

「主は昨夜、未来に目を向けると言いんしたが。あれは偽りで、まだ本気になれない子供の恋愛ごっこに興じるので？」

「子供のごっこ、か……」

数え切れないほどの告白の中で、俺という人間を容姿を度外視して本質的に好きになってくれた女の子はいなかったと思う。自己憐憫《れんびん》でも自意識過剰でもなく、元カノ達の証言をもとに導きだした客観的な結果論として。これが何を意味するのかは分かっているつもりだ。

「正直、俺はレンちゃんを忘れる気はないよ。いつか本気で好きになれる人ができたらいいなと思うけど。その為に過去を、レンちゃんを切り捨てるつもりはないんだ」

「一生引きずるおつもりで？」

「未練がましい言い方だな。思い出くらいの彩りはあっていいだろ」

長い年月が経ってもその思いだけは色褪せないでいる理由は何なのか。レンちゃんのどこにこんなにも強く惹《ひ》かれたのか。脳裏に焼きついた筈《はず》の面影は年を重ねる度に薄れていくけど、鈴を転がしたみたいに小さくて凛《りん》とした声や、白い手の甲に浮かんだ冬の大三角。そしてカカオの甘い香り。レンちゃんに心惹かれた確固たる事実だけは俺の半生に深く刻まれている。

「勿論。忘れられない恋ができ、そいが主に彩りを添えたのには間違いありんせん」

神様が頬張るチョコレートの仄かな甘い香りが鼻を掠めると、脳裏に浮かんだレンちゃんが通り過ぎていくそよ風のように、心の隅を擽《くすぐ》っていく。

「大人になっても忘れられない女の子に、また会いたいと思う事自体が奇跡みたいだ。良い夢見させてもらった気がするよ」

「なんとも長い夢でありんす」

夢の余韻に流し込むビールは少し苦いけど、喉越しは悪くない。

「もうごっこをするつもりはないよ」

現実と、布袋さんに向き合おう。ポケットの中で鳴ったスマホを取り出すと布袋さんからメールが来ていた。直ぐに返事を返し、それから思い立ってコツコツと画面を叩く。無心にチョコレートを食べていた神様が顔を上げた。

「ゲームでもしておいでか？」

「元カノ達のアドレスを消去してる。面倒で怠ってたから随分残ってる」

「元カノ達は切り捨てるので？」

「非難されるの承知で言うけど、よく覚えてない子もいるな」

スマホの方が俺より俺の履歴をよく知っている。

「記録と記憶は違うだろ。残すかどうかじゃない。残るかどうかだ」

「ご都合主義にも聞こえんすが。自分に素直でいるのが一番でありんす」

ふっと笑った神様の表情が窓ガラスに映る。世間を知らない純朴。世間慣れした老《ろう》獪《かい》。どちらともとれる奇怪な笑顔の神様はチョコレート片手にするすると、その小さな体に二本目のビールを流し込んでいく。腹の中がブラックホールだとしても、もう驚かない。

「妖怪底なし。とかに改名したらどうだ。神様なんて漠然としたものはやめてさ」

「そんなに柱を翻られたいので？」

「冗談だよ」

奇妙でありながらもどこか楽しい神様との晩酌は、すっかり縁側に馴染んでいる。チョコレートを食べつくし、ビールも飲みほした神様はいつものように暗い夜の中に消えていく。『また明日』と言い残して。

仕事が定時に終わった日も、残業をした日も、布袋さんと食事に行った日も。風呂上がりの定位置に着く時間は毎回不規則なのに、俺が座ったタイミングで神様は毎晩姿を現し、一緒にビールを飲みながらチョコレートを齧り続けた。

◆

朝から降り出した雨は夜になっても止まず、冷たい小雨が降り続ける中で帰宅した。風呂に直行して冷えた体を温める。子供の頃はその良さが全く分からず、カッコ悪いとさえ思っていた檜《ひのき》風呂だけど、いつからか木の香りや肌触りが心地よく感じるようになっていた。風呂好きだと言う天野に話したら心底羨ましがられたりもした。

少し長湯してのぼせ気味になりながら定位置に着くと、庭に神様の姿を見つけてすぐに窓を開けた。濡れた体でもお構いなしに入ってくる神様にバスタオルを掛ける。

「俺の使用済みで悪いけど」

「やめておくんなんし」

「冗談だ」

こうなる事を見越して用意しておいた。くんくんと匂いを嗅いでから神様はタオルにくるまる。

「人間の姿になれば傘くらい差せただろ」

「雨の日は髪型が決まらず好きじゃありんせん」

ビール缶を開けて合わせるでもなく同時に飲み、買っておいたクランチチョコレートを口に放り込んだ神様は、窓の外を見上げる。月も星も浮かばない暗闇からは無量大数の雨粒が落ちてくるばかりだ。

「今宵もデートでありんしたか」

布袋さんと向き合う。そう決めてから一週間。一緒に食事へ行ったのも今日で四回目になるが、未だに発展は無し。

「社交辞令は恋に浮かれて、夢色に着色した色眼鏡越しに主を見ているのでありんしょうな。そろそろ現実見せなんし」

ばっちりメイクに香水を浴びてミニスカートで足を露出。今日も攻め込まれてきそうな戦闘態勢の布袋さんだったが、進展を望む姿勢は全く見られなかった。

しかし——。

「ある意味、現実は見せてきたかな」

「まさか振ったので？」

「いや。話したんだ。レンちゃんの事を」

良い店があると連れて行かれた先は、いつものエリアからは離れた場所にある居酒屋だった。意匠を凝らしていたり新味を出していたりという風でもなく在り来たりな店だったが、メニューは豊富で特に魚が美味い、確かに良い店だった。

不思議に落ち着く布袋さんの向かいで食は進み、窓からは遠方にあの運動公園が見えていたのもあって、自然と口を切っていた。

「そいで、どんな反応でありんしたか？」

「驚いてた」

口をあんぐりと開けた分かりやすいリアクションだった。

「色眼鏡のレンズが外れんしたな」

「だろうね」

たった一度だけしか会っていない、名前も分からない女の子を二十年も忘れられずにいるなんて尋常じゃない。俺の異質性を垣間見た布袋さんは幻滅したに違いない。

「知ってほしいと思ったんだ。俺の事を。だからありのまま話した。けどもう、連絡は来ないかもな」

あのおしゃべりな布袋さんが、その後は口数少なく表情も浮かなかった。

「失敗だったかな」

「主がそうしたかったのであれば、それで良いではありんせんか」

もちっと飲まんし、とビールを勧める神様は既に飲んでいた缶を空にし、二本目に短い手を伸ばしながら平たい尻尾を振り下ろした。空になった缶が一撃で潰れる。いつの間にそんな便利な技を身につけたのか。

それにしても神様には妙な説得力がある。口の周りにチョコレートを付けているビーバーに「それで良い」と言われただけで、僅かに燻っていた後悔がスッと消えた。ガッカリさせてしまい、布袋さんには悪い事をしたのかもしれないが、真摯《しんし》に向き合おうと思ったからこそ本当の、俺と言う人間を初めて示すことができた。これは大きな前進と言えるだろう。

ビーバーと毎晩酒飲んでる、とはさすがに言えないけど。

酒とチョコレートを平らげると、神様はいつものように縁側を後にする。「また明日」と約束を残して。

◆

毎日欠かさず来ていた布袋さんからのメールが来なくなってから二日。営業チームとの打ち合わせが終わって簡易的なミーティングルームから退室しようとした時、お茶を片づけに来た神谷さんに声を掛けられた。

「あの。信也さん」

周りを窺いながら声のボリュームを下げる様子に察しがついた俺は、二人だけになった部屋のドアを閉めた。

「俺と変な誤解をされたくなかったら簡潔に」

「あの。天野の事なんですが……」

躊躇《ためら》いながらも神谷さんはすぐにその名を口にした。

天野は自分では気づいていないようだけど、ふとした時に小難しい顔をするようになった。プロポーズしろ。俺がそう天野にお節介を言ったあの日から。冗談とは受け取らなかったらしい。

「こんな事を信也さんに聞くのは、どうかとは思うんですけど」

「いいよ。言って」

神谷さんは、もしかしたら天野を意識し始めているのではないだろうか。最近の、天野との接し方を見ているとそう思う時がある。

「もしかして天野は………」

「気付いたんだ？」

俺の言葉に神谷さんはハッと顔を上げた。鈍そうな子だと思っていたけど案外、洞察力はあるのかもしれない。

「やっぱりそうなんですね。このまま放っておくのは良くないですし」

「だろうね」

「治療は早めの方が楽に済みますし」

恋は病だと比喩《ひゆ》する件は、俺の中ではもう終わってるんだけどな。

「信也さんからも言ってもらえませんか」

「本人には、見守って欲しいって言われたよ」

「でも、このままじゃご飯も食べれなくなります」

そんなに重症なのか。

「子供じゃないんだし。いい加減諦めるように言ってください」

「諦めるって。それでいいのか？」

「勿論です」

神谷さんはきっぱりと言い放った。自分の事は諦めてほしい。それが神谷さんの本心なのか。

俺の思い違いだったのか。

「我慢したって虫歯は治りませんから。早く歯医者に行くように信也さんからも言ってやってください」

「…………」

突然、異物を押し込まれたように話が飲み込めなくなる。

「私からも言ってるんですが、虫歯じゃないって言い張るんですよ。食欲落ちてるみたいですし、時々難しい顔をしていて。あれは絶対に痛みを我慢しています」

前言撤回だ。この子は恐ろしく鈍い。

「私も苦手意識はありますし、行きたくない気持ちも分かりますけど。もう大人ですし、観念して早く歯医者に行ってもらわないと心配で」

「そうだな。俺も天野が心配だ」

思わず深いため息が漏れる。

「昼まだだよね。たまには俺と行かないか」

笑顔が可愛くて。まっすぐで。崇司から聞かされていた話で作り上げていた神谷さんの人物像は、実際のそれとは少し異なるのかもしれない。お世辞にも美人とは言えず地味な印象だけど、真面目な勤務態度と自然な笑顔には好感がもてる。しかし——

「神谷さん。よく天然だねって言われない？」

「え。なんで知ってるんですか？」

店に向かって歩いている途中、神谷さんは驚いたように目を見開いた。

「天野が言ったんですね」

「そんなとこかな」

天野を真っ先に疑う反応を見る限り自覚はないらしい。

「あ。ここです。この店です」

裏道に入って間もなく立ち止った神谷さんが指したのはラーメン屋の看板だった。

行ってみたい店があると言う申し出に了解して付いてきた。天野の親友である神谷さんのことだ。きっと洒落たカフェにでも行くのだろうと思っていたが、そこはお世辞にも洒落たとは言えない、こぢんまりとした古いラーメン屋だった。

「美味しいって噂で、ずっと行きたいと思ってたんです。お客さんが男性ばかりの店に一人で初めて入る勇気がなくて」

周りの客が挙《こぞ》って味噌ラーメンを食べているのを見て俺たちも同じ物を注文する。

「天野は猫舌で、食べるのに時間がかかりそうなので誘えないんですよ」

肩にかかる髪を一つに束ねた神谷さんは気合い十分といった感じだ。

「あいつは中華が好きだって言ってたけど、そういえば一緒にラーメンは食ったことないな。いつも洒落た店ばかり行ってる」

「お気に入りの眼鏡が曇るのが嫌なんですよ。それに、店の雰囲気も味の一つというのが天野論ですから。私は早くて安くておいしければ良くて、おじさん臭いなんて言われるんですけど」

「でも、よく二人でご飯食べてるよね」

「店の好みは違っても味の好みは似ているんです。お互い行かないような店に行くから新しい発見も出来たりしますし」

合わないようで実は補い合っているわけだな。早くも出てきた味噌ラーメンに「いただきます」と手を合わせた神谷さんは、恥ずかしげもなくずるずると音を立てて麺を啜る。ここのラーメンは確かに美味い。皆一様に無言で麺を啜るのに夢中だ。斯《か》く言う俺もその一人で、神谷さんとゆっくり話をしてみるつもりでいたけどそうはいかなかった。

「本当に美味しかったね」

「はい。もう大満足です」

スープまで一滴も残さず飲み干した。男の俺には腹の満たされ加減は丁度いいけど、神谷さんはさぞかし満腹中枢を刺激されまくっている事だろう。

先に二人分の会計を済ませて店を出た。額にうっすら掻いていた汗を拭っていると、後から出てきた神谷さんが財布を取り出す。美味いラーメンの情報料としてここは奢るつもりでいたから手で制しようとしたその時。不意に仄《ほの》かな甘いカカオの香りが鼻を掠めて手が止まる。そこへ目の前を通り過ぎた女性のバックから一枚のストールがはらりと俺の目の前に滑り落ちた。

「落ちましたよ」

声をかけて初めて落とした事に気が付いた様子だった。俺と目が合うと慌てて戻ってきた女性に、拾ったストールを差し出す。ペコリと頭を下げ、失態を誤魔化すように笑顔を取り繕う女性の、ストールを受け取る手の甲。親指の付け根辺りに三つのホクロ。ふわりと鼻を擽るチョコレートの香り。遠い日の残像が瞬時に蘇り、心がざわつく。

「……レンちゃん」

思わず口を衝いて出た名前に息を飲んだ。

まさかな。恐る恐る視線を上げた先で、女性は驚愕とも困惑ともとれる表情を浮かべていた。華のある顔立ちに施された薄化粧と、装飾のないショートヘアー。その控えめな印象は二十年前の、あの少女を彷彿《ほうふつ》とさせる。

「信也さん。どうかしたんですか………あれ？」

向かい合って互いに言葉を失っている俺達の間に入ってきた神谷さんが、彼女を見るなり首を傾げる。もしかして知り合いなのか。

しかし、神谷さんは彼女に耳を疑うような、とんでもない発言を浴びせたのだった。


「今日、レンちゃんに会った」

風呂上がりの定位置、縁側のホットカーペットに腰を下ろすとすぐさま現れた神様に、俺は開口一番で今日の出来事の主軸を話した。

「ついに幻覚を見るようになりんしたか」

「本物だよ。幻を見ているようだったのは確かだけど」

暫く黙ってビールを飲み、互いに一缶開けたところで再び口を開く。

「会社の子と昼にラーメン食いに行ったんだ。部下が片思いしてる相手なんだけど。店を出た矢先に、目の前を通りすがった女性が落とし物をしたから拾ったんだ。そしたらさ、一緒にラーメン食ってた子が女性に向かってこう言ったんだよ。『お兄ちゃん』って」

　神谷さんを見た瞬間、顔を引きつらせた女性は眉根を寄せる神谷さんにぎこちない笑顔で返していた。

「レンちゃんはいつ出てくるので？」

　神様は、まるでスナック感覚でポイポイとチョコレートを口に運んでいる。

「もう出てるよ。その女性がレンちゃんだったんだ」

「お兄ちゃんとは？」

「そのままの意味だよ」

　女性は俺に向き直ると『鳥居君だよね。久しぶり』と話しかけてきた。

「レンちゃんは、男だったんだ」

　少女は俺の知らない二十年で別人のように美しく成長していたけど、その声は成長した男性のそれだった。よく見るとハイネックのセーターに隠れている喉元が少し盛り上がっていた。

「レンちゃんは男で、俺といた会社の子のお兄さんだったんだよ」

「主はそういう好みでありんしたか。だから女子相手に本気になれなかったと」

「面倒な誤解をするな。そう言う俺も誤解してたんだけどな。二十年も」

眉根を寄せたままの神谷さんを会社に戻した俺は、レンちゃんと近くのコーヒーショップに入って話をした。

「レンちゃんの本名は、廉太郎《れんたろう》だった」

レンちゃんは男。しかも神谷さんのお兄さん。ダブルパンチに目眩を覚えながら、『同じ会社だったとはね。いつも妹がお世話になってます』と頭を下げるレンちゃんに『世界は狭いですね』と頭を下げ返した。

「レンちゃんがそっちのお人なので？」

「いや。昔から趣味で女装しているらしい。妹には内緒で。二十年前に会った時も女の子の恰好《かっこう》をしていたし、声も仕草も可愛かったから女の子だって信じて疑わなかった」

女子と一緒に遊んでいて、そのうえ手作りチョコレートを持っていたのだから見抜けと言うほうが無理な話だ。十歳そこそこだった俺には女装趣味なんて知識さえ持ち合わせてはいなかった。

「まんまと騙されて恋にまで落ちんさるとは。同情の言葉しかありんせん」

笑っているように見えるのは気のせいだろうか。

地元の一般企業に勤めているというレンちゃん。もとい、廉太郎さんは、有給消化でこっちにいる従姉に会いに来ているのだと言う。

「独身だけど恋人はいるらしい」

「殿方で？」

「彼女だよ」

廉太郎さんは、ある店を探していて道に迷っていた。ラーメン屋の前を通りかかり、俺と再会したのは全くの偶然だった。

コーヒーに浮かんだ小さな泡が音もなく消えていくように、二十年の思いが泡沫《うたかた》の如く消えていくのを感じながら飲み干すまでの数分間、空白を埋めるでもなく互いの近況を話してコーヒーショップを出た。廉太郎さんが探す店は、ナビアプリを起動していても迷ってしまうような入り組んだ場所にあり、多少の土地勘がなければ辿り着くのは難しく、勤務中だった俺だけど結局分かる所まで案内しながら一緒に探し歩いた。

「結婚するらしい。相手に贈る指輪を買うために地元からこっちに来てたんだ」

廉太郎さんは結婚指輪を買う為に、彼女が好きだと言うジュエリーショップを探していたのだ。

「好いた女が実は男。知りたがる人の世には知らない方がいい事の方が多くありんす」

「そうだな。でも、俺は会えてよかったと思う」

「強がりを言いなんし」

「最初は、そりゃショックだったさ」

　偶然の再会を一瞬は恨んだ。

「それでも今は思うんだ。再会できて良かった。ってな」

　隠れ家気取りかと呆れるほど分かりづらい場所に目当ての店はあった。店を見つけた廉太郎さんの瞳が光り輝いて見えたのは店の照明のせいではなく、婚約者に特別な指輪を送るその日を、幸福な未来を思い映しているからだと感じた。

「レンちゃんは、すごく幸せそうだったから」

　別れ際、『お幸せに』と言った俺の言葉に、廉太郎さんは照れたように笑って頷いた。

「幸せそうなレンちゃんに会えて良かったよ」

　幸せに満ち溢れたあの笑顔は、俺の戸惑いや憂いを一瞬のうちに溶かしてしまった。

「思わぬ形だったけど、願いは叶った」

　会いたいと願った。

　幸せでいてほしいと願った。

　そして、その双方が叶った。

「これって、神様にビールとチョコを供えた御利益だったりしてな」

「本当にそうお思いで？」

「冗談だよ」

最後の一粒を口に収めてにんまりとした神様が立ち上がる。弾みで転がったビール缶はカラリと軽い音を立てた。

「人の欲するところにあるのも、また人でありんす」

人と欲は離れない。俺もまた、この先に新たな願いを胸に秘めるかもしれない。

開けた窓から身を乗り出して、するりと庭に下りた神様は一度だけ俺を振り返り、初めて「ごちそうさんでありんした」と、礼を述べて夜の闇の中へ消えていった。

「また明日」と言ってくれなかったのも初めてだった。

『わちきの事も切り捨てるので？』

別れを意識した瞬間、直接心に訴えかけるような幻聴が聞こえた。チョコレートの記憶を塗り替えておいて、さよならも言わせなかったくせによく言うよ。

甘味の神様

信じる者は救われる。信じたモン勝ち。これが私の座右の銘だ。疑うよりも信じる方が私の性には合っている。だから、見えない糸で結ばれているという運命だってあると信じて疑わない。

私、布袋由利佳（三十一歳　独身）は今、運命の人と繋がってる赤い糸を手繰り寄せている。

切れないように慎重に。絡まないように確実に。

仕事を終えて帰宅した、一人暮らしのマンションの部屋の窓から明かりが漏れている。今朝出るときはちゃんと消したはず。ドキドキしながら急ぎ足で部屋に向かう。無施錠のドアを開けると、玄関には私の物じゃないブーツが揃《そろ》えて置いてあった。扉一枚で隔てられた先のリビングから聞こえるテレビの音。騒ぐ胸を深呼吸して落ち着かせてから扉を開ける。そこには、私が愛用している一人掛けのソファの上ですっかり寛《くつろ》いでいる一人の『女』がいた。

「おかえり」

ゆったりと振り返るその顔に私は口を尖らせた。

「おかえりじゃない。鍵くらい閉めておいてよ。不用心なんだから」

ごめん。ごめん。と悪びれるでもなく謝ってくる。私はバッグも肩にかけたまま逸《はや》る気持ちを抑えられずに詰め寄った。

「ねぇ。それでどうだったの？　どうなったの？」

「由利佳の望み通り会ってきたよ」

ごくりと息を飲む。

「ちゃんと話すから、そう焦るなって」

そう言って立ち上がった女はお茶を淹れはじめる。急かしたくてザワザワする心をもう一度深呼吸で鎮め、バッグとコートを置き、手を洗ってから温かいお茶を受け取った。

再び私の愛用ソファに腰かけた女が思い出したように顔を上げる。

「そういえば、あのナントカカントカって御守り」

「ナンデモカンデモハッピー御守り」

「そう、それ。持ってる人、何人か見かけた。本当に流行ってるのな。由利佳が流行らせたんだろ？」

「うん、まぁね。……ねぇ、それより――」

横にかがみ込んで女の顔を見上げる。

「会えたってことは、計画は成功したのよね？」

私の質問に女が曖昧に頷いてみせる。

「俺はこの計画、端からどうかと思ってたけど。今もどうかと思うよ」

これ見よがしにため息をつく。

「言われた通り、彼が行きそうな場所を転々と歩いてた途中でラーメン屋にいるのを見つけたんだ。出てくるのを見計らって、さり気なく偶然な再会を演出したまではよかったんだけどさ……」

「……だけど、なに？」

「彼の後から連れが出てきて、それが千尋だったんだよ。お前、二人が同じ会社にいるって知らなかったのか？」

思わぬ名前が出てきて目を見開いた。

「千尋ちゃんが？　嘘。知らなかった……」

「お蔭で俺は密かに女装趣味を持ってたお兄ちゃんになったよ」

「お兄ちゃんがこんなに美人じゃ、ショックだったでしょうね」

「違う意味でショックだったろうな。あと、それ妹に失礼だから」

ジロリと睨みを利かすその顔に「それで？」と、先を催促する。女は肩を竦めて続けた。

「彼はすっかり、俺が〝レンちゃん〟だって信じてたよ」

「バレなかったのね。良かった」

「俺が道に迷ってるのを知って、一緒に店を探してくれたんだ」

「そう。優しいのよ。鳥居君は」

「そんな良い人を騙すなんて」

「……知らない方が幸せだって事もあるでしょ」

「ずっと好きだった女の子が実は男だったって事の方が知りたくないけど。俺なら」

計画通りだった事の顚末《てんまつ》を聞き、安心してお茶を飲み干す。

「終わりよければ全てよしでしょ。ところで指輪は買えたの？」

呆れ顔の女が傍らに置いていたボストンバックに手を延ばし、可愛くラッピングされた小箱を取り出して見せる。

「見せて！」

「ダメ」

悪戯な笑みを浮かべたその頰は微かに赤らんでいる。

「それより風呂貸して。シャワーだけでいいから。もういい加減メイクも香水も落としたい」

どうぞ、と言う前に女は立ち上がる。

「お先に」と、茶目っ気たっぷりに言い捨て、着替えを手にお風呂に向かう嬉々とした背中に「どっちの意味よ」と、バスタオルを投げつけたけれど見事にキャッチされた。

十分後にお風呂から出てきた女は、メイクも、香水も、手の甲に書いた三つのホクロもきれいに落として、まるで別人のようになった。と言うより、元に戻った。

「今日はありがと。この秘密は墓まで持っていくから」

「俺はとんだ共犯者だな」

大事な指輪が入ったボストンバックを手に玄関に立つ背中を見送る。

「お幸せに」

「それ。彼にも言われたんだよね」

振り返ったその顔は少し照れていた。

「由利佳。ここまでやったら、もう後には引けないからな。頑張れよ」

「言われなくたって。これで鳥居君も私という新たな恋に向き合えるわ」

「随分な自信で」

「私には運命が味方してるから」

そう。これは運命だ。

レンちゃんを思い続けた鳥居君と、そんな彼を受け入れられる唯一の私が出会ったのだから、間違いない。

「健闘を祈るよ。あとさ、彼と会う時は気合の入ったメイクしてんだろうけど、濃い化粧とか香水はやめておけ。童顔のお前には似合わないから」

「余計なお世話よ」

むくれる私を真似するように口を尖らして見せたそいつは手を振って去っていった。

下駄箱横にある姿見に目を移すと見慣れた顔と目が合った。三十路を過ぎたと言うのに未成年と間違われる幼顔。若く見られて羨ましいなんて言われるけど、この垢抜けない丸顔こそが私の唯一のコンプレックスだ。スッピンで夜に出歩いていたら補導されかけた事だってある。

私より年下のくせに大人びている美人に、その辺つつかれるとかなりムカついてしまうけど。頭にバカがつくほどの正直者が、人騙しに付き合ってくれたのだから感謝しなければならない。

部屋に戻った私は、置きっぱなしにしていたコートをハンガーにかけながら、そのポケットから「ナンデモカンデモハッピー」と書かれた御守りを取り出した。

この御守りを私が流行らせたというのは事実だ。

始まりは半年前に遡《さかのぼ》る。

私には、ずっと忘れられないでいる人がいた。小学五年生の時に経験した初恋の相手であり、初めて失恋を経験した相手でもある。同じクラスにいた、かっこよくて人気者の男の子だった。けれど、私が転校してから会えなくなり約二十年もの月日が経っても思い出は色褪せないまま、いつしか会いたいと願うようになっていた。

当時は同じ学区にいて住所も知っているから、会いに行こうと思えば行ける。けれど、私の中のなにかがそれを許さなかった。私から会いに行くんじゃなくて、向こうから私に会いに来てほしかったのだ。

身勝手なのは分かっているけど、そんな思いが日に日に募っていたある日。いつも通勤で通っていた道が工事のため通行止めになり、回り道を余儀なくされて通りかかった神社で、私はあの御守りを見つけた。

ナンデモカンデモハッピー。この無限な可能性を秘めたネーミングに惹かれて衝動買いしたその翌日に早くも御利益が訪れる。

私の勤める会社に営業マンになっていた、あの初恋の彼、鳥居信也が現れたのだ。

この奇跡とも言える再会に舞い上がった私はＳＮＳに投稿。これが発端で御守りの噂はあっという間に広まり、今ではテレビや雑誌に取り上げられる程にまでなった。

偶然もまた神様に与えられし運命だと、私はその日からお礼参りを欠かさずしている。御守りのお蔭で知名度が上がった神社には連日多くの人が訪れている。私の貢献度は少なくないだろう。

だけど。人生、良い事ばかりは続かない。

信じられないことに、彼は同じクラスで自分に告白までした私の事を覚えていなかった。連絡先を教えて、それから何度か一緒に食事に行ったにも拘わらず、鳥居君はなかなか同級生の私を思い出してはくれない。

意地でも私の事を思い出させてやろうと毎日のように食事に誘い、三日に一度のペースで会っていた四度目のデートで、無口な彼が突如として話しだした「二十年間思い続けている女の子」の存在。

それ自体はショックじゃなかった。寧ろ私との共通点に妙な親近感と、彼の一途さに胸をキュンとさせたくらい。思わず「私も、あなたの事を二十年間忘れられずにいる」の言葉が喉まで出かかった。しかし、その相手の名前を耳にした瞬間。思考回路が完全に停止して言葉を失った。

『レンちゃん』

鳥居君は、有ろうことか私の友達の名前を口にした。

突然床が抜けて底に突き落とされたような衝撃に暫く痺れていた私は、誘いの連絡も出来なくなった。

しかし。ここで諦める私じゃない。これは運命だ。逃げてどうする。立ち向かわなくてどうする。

御守りを手に、どうしたものかと考えていた矢先にまたも御利益が。まるで私の窮地を救うべくベストタイミングで現れた人物。それが、あの『女』だった。

私の部屋で寛いでいた女は、実は女じゃない。女装をした、私の従弟の廉太郎だ。

鳥居君が二十年も会いたいと思い続けている相手がレンちゃんだと知った私は、廉太郎の登場により一計を案じた。内容はいたってシンプル。レンちゃんに変装させた廉太郎に会わせることで彼の願いを叶えようというもの。本物のレンちゃんに合わせるわけにはいかない。会わせたくはない。なにがなんでも。

廉太郎にメイクを施し女装させたのは私。美形で痩せている廉太郎を女にするのは容易かった。喉仏も、すね毛の生えた足も、立冬を過ぎたこの季節ならニットやコートで自然に難なく隠せてしまう。

頼み込んで渋々了解させた廉太郎は思惑《おもわく》通り美しい女性になったけど、声までは流石に隠せなかった。風邪をひいている風にしたって無理がある。仕方なく、鳥居君には少なからずのショックを与えてしまう覚悟で、実はレンちゃんは男の子でした！と言う事にした。

偽物の〝レンちゃん〟に扮して一世一代の大嘘に付き合ってくれた廉太郎。彼が大事に持っていた指輪は、愛しい彼女へ贈る結婚指輪。今日は廉太郎の妹、神谷千尋の家に泊まって結婚の報告をし、明日には新幹線で地元に帰るらしい。私の二つ下である廉太郎に先を越されるのは面白くないけど、私だってきっと近い将来に幸せを摑み取るのだから、ここは心から祝福してあげる。

幸せを絵にかいたような〝レンちゃん〟に会って、鳥居君はどう感じただろうか。私の知っている彼なら、きっと会えて良かったと思ってくれているはず。幸せでいてくれて良かったと。私は知っている。彼はそういう人だ。

簡単なご飯を作って食べてからお風呂に入り、パジャマに着替えてお肌の手入れをする。何とはなしにドレッサーの引き出しから小さな瓶を取りだした。この日のために購入した香水をシュッと空間に吹きかけると、チョコレートの甘い香りがふわりと辺りに漂う。お菓子作りが得意だったレンちゃんからは、いつもこんな甘い香りがしていた。

本物のレンちゃんの名前は廉太郎ではなく憐叶《れんか》。女装男子などではない正真正銘の女の子。小学校低学年からの付き合いで、学校は違うけど同じ塾に通っていた。活発だった私とは違って、レンちゃんは物静かで大人しいお人形みたいな子。まるで正反対な私達だけれど、日記を交換したり、休みの日には互いの家に遊びに行ったりもして、私たちはとても仲が良かった。

私は今でも年に一度レンちゃんと会っている。でも、鳥居君に会わせる気はない。私がレンちゃんと一緒にいた同級生だと鳥居君が気付いたとしても、私は本当の事は話さず騙し続けると心に決めている。私と向き合ってもらうためにも、鳥居君にはレンちゃんを「過去」のものにしてもらう必要がある。

ごめんね。レンちゃん。

◆

鳥居君に〝レンちゃん〟を引き合わせたあの日から三日目。久しぶりにお誘いの連絡を入れて食事に行くことになった。会うのは五日ぶりだ。

今回も鳥居君が好みそうな店を選び、寒いけれど我慢して丈の短いスカートを履いた。顔にコンプレックスがある分、磨きに磨いた自慢の美脚を出すために。一応、廉太郎のアドバイスも耳に入れてメイクと香水は控えめにしてみたけれど、彼の反応は特になかった。代わりに気合を入れたヘアアレンジは褒めてくれた。

「あんな話をした後だから、もう誘われないと思ってたよ」

祝日の昼間。ファミリー層が目立つ賑やかな洋食屋で鳥居君はそう切り出した。鳥居君は、レンちゃんへの思いをカミングアウトした事で私がドン引きしたと思っていたらしい。

実はレンちゃんに会ったんだ、と話してくれた内容は廉太郎から聞いたそれと一致する。本物のレンちゃんと廉太郎では年齢も、生まれ育った場所も違うし、同じ会社にいるという千尋ちゃん経由で嘘がバレてしまう事も危惧《きぐ》していたけど、彼の様子を見る限りではその心配はなさそうだ。廉太郎の言った通り、鳥居君は廉太郎が〝レンちゃん〟だと信じて疑っていない。

「会えて良かったですか。〝レンちゃん〟に？」

動揺が顔に出ないよう必死に自然体を繕い、さり気なく核心をつく質問を投げかけた。鳥居君は、良かったよ、と即答した。その笑顔が嘘ではないと信じたい。

「つまらないオチで悪いね。でも俺は、それでも会えて良かったと思ってる」

「鳥居さん、なんだか変わりましたね」

「そうかな」

元々、柔和な感じではいたけれど、隙だらけのようで実は全く隙のない人だったのに、今日の鳥居君は違った。

「たくさん話してくれるようになりました」

「うるさかった？」

「いいえ。楽しいですよ。レンちゃんの話も私は素敵だと思います」

鳥居君を変えたのは〝レンちゃん〟だけど、彼が私に心を開きかけている実感が素直に嬉しい。

とはいえ――。

鳥居君を騙しているこの後ろ暗さ。彼と過ごした時間が楽しくあるほどに、別れた後は鉛を飲み込んだみたいに重くなった心を引きずる。好きな人を騙し続けていくというのは、メンタルにはかなりの重労働になるけれど、それも覚悟の上だった。真実を打ち明けて懺悔《ざんげ》出来たらどんなに楽だろう。弱気になる自分を追い払うように頭を振る。

私は一生、彼を騙し続けるしかないんだ。大丈夫。与えられし試練を乗り越えられない私じゃない。

自慢の脚に力を入れてずんずんと歩きだした私の目に、一軒の店が留まる。

オープンしたばかりの真新しい洋菓子店。白を基調とした外観に赤いランプの装飾が、まるでショートケーキを連想させる。無性に甘いものが食べたい気分になった私は迷わず店内に足を踏み入れた。

砂糖菓子で出来たお城にでも迷い込んだような甘い匂いときらきら輝くショーケース。奥には広々としたイートスペースがあるけど見たところ満席。買って帰るつもりで注文していると丁度席が空いたので食べていくことにした。

遊歩道から光が差す、窓際の小さなテーブルに並んだロールケーキと紅茶。甘いものは心の疲労を緩和させてくれる。しっとりとしたスポンジケーキに包まれたなめらかなクリームが口の中で溶けていく。かみしめる間もなく体に溶け込んでいく幸せにうっとりしながら、ふと隣のテーブルに目が行く。

同じく二人掛けの小さなテーブルに並んだ三つのスイーツ。そのどれもが種類の違うチョコレートケーキ。そこに座っているのは一人の女の子。私と同じお一人様らしいけど、一人でチョコレートケーキを三つも食べる気だろうか。砂糖菓子が似合いそうなカラフルな恰好は言わば原宿系。小柄で細く、どうみても小食そうだけど。気になってついジロジロ見ていたら目が合ってしまった。

「この店に来てチョコレートケーキを食べなんせんとは」

原宿系少女は私のテーブルを一瞥するなりため息をついた。

「ここってチョコレートケーキが有名なの？」

周囲を窺う。

「……そんな風には見えないんだけど？」

確かにチョコレートケーキを食べている人もいるけど、みんなが挙って食べているわけではない。原宿系少女は私の問いを無視してケーキを食べる。やっぱり一人で全部食べる気なんだ。人は見かけによらない。あんまり美味しそうに食べるもんだから私も食べたくなって、帰りに一つ買って帰った。

◆

鳥居君の好みそうな店を探しながらデートに誘う毎日に変化が現れた。初めて鳥居君の方から連絡が来たのだ。

手繰り寄せる運命の赤い糸に手応えを感じて喜びつつ、これも〝レンちゃん〟のお陰だと思うと、騙していることへの罪悪感で胸がチクリと痛む。

こんな時は甘いものを食べよう。この前行ったケーキ屋さんは美味しかった。テイクアウトしたケーキも濃厚なチョコレートソースが抜群に良かった。けれど、どうせなら違う店にも行ってみたいと同僚相手に情報収集。女子間の情報網はネットや情報誌よりも確かだ。早速、仕事帰りに気になった店に行ってみる。

一見して美容院かな？と思うようなお洒落な外観。しかし大きく切り取られた窓から見えたのは美容師ではなく、コックコートにキャラメル色のエプロンを付けたパティシエ。ホッとして店内に足を踏み入れた。

話に聞いた通り、ここはフランス菓子の専門店。ショーケースにはエクレアやミルフィーユ、タルトやマカロンなどが、ツヤツヤと宝石のように輝きながら誇らしく並んでいて、ここは間違いなく美味しいと直感が太鼓判を押す。教えてくれた同僚にお土産のフィナンシェを買い、クレームブリュレを食べていくことにして席に着いた。

表面の焦げ目を一人にんまり割って頬張る。クリームの優しい甘さとカラメルのほろ苦さが、口の中で絡み合い一つになる至福の融合にうっとりしながら、ふと隣のテーブルに目が行く。

チョコレートスイーツばかりが四つ並んでいる光景に既視感を覚えて視線を上げる。そこには、落ち着いた色合いで統一された内装の中でかなり目立つカラフルな女の子がいた。私は思わず「あっ」と声を上げてしまった。慌てて口を押さえたけど、バッチリ聞こえていたらしい女の子が振り返り、目が合ってしまう。

「この店に来てチョコレートケーキを食べなんせんとは」

私のテーブルを一瞥してため息をつく。小柄で細いのによく食べる、あの原宿系少女とまさかの再会。お互い今日もお一人様だ。

「……それ、ただあなたがチョコレート好きってだけでしょ」

年齢はたぶん二十歳前後くらい。スイーツを口へ運ぶ手は常に上下していて休みない。これは間違いなく無類のチョコ好き。驚いた事にドリンクもまさかのホットチョコレート。流石にこれはない。見ているだけで味覚に異変をきたしそう。

目線を外したところでメッセージの受信音が鳴る。取り出したスマホ画面に表示される鳥居君の名前。明日は初めて鳥居君が予約してくれたお店に行く事になっている。内容は待ち合わせ場所と時間の確認だった。

「明日はデートでありんすか」

返信を打っていた私は不意な横槍《よこやり》に驚き、咄嗟に声がした方を向く。目と鼻の先に画面を覗き込んでいる少女の顔があった。

「ちょっと。なにを見てるのよ！」

「そうでありりんしたか」

こっちが顔を歪めて不服を露わにしているのに全く動じず、一人納得したように頷いている。

「これが社交辞令の女でありりんしたか」

「シャコウ……？　アリ……？」

ドラマで観た花魁みたいな口調で意味の分からない事を話す少女は、この上なく奇異な感じを放ってくる。

「化粧も薄い。香水もなし。思うておりりんしたのと随分違うようで」

「なに人の顔ジロジロ見てんのよ」

「人の事ジロジロ見んしたのは、そっちでありりんしょう」

「それは……」

確かにその通りでした。

「そのように色気のある文を寄こせるようになりりんしたとは。〝レンちゃん〟とやらに会って変わられたようでありりんすな」

「……？」

今、この子〝レンちゃん〟って言わなかった？

「あ、あんた。誰なの？」

「わちきは神様でありんす」

「わちき？　神？　よく分からないんだけど。その言葉は方言なの？　花魁なの？」

「質問ばかり、やめておくんなんし」

混乱する私を放置し、少女は澄まし顔で食べ続ける。煮え切らないもどかしさをどうにか押さえてブリュレを口に運ぶ。ふわっと鼻に抜ける甘い香りに少し冷静さを取り戻した。

「ね、ねぇ。えっと、かみさま、さん？」

「質問なら一つにしなんし」

「答えてくれるのね。それじゃ。鳥居信也を知ってるの？」

そんな名前でありんしたか。とか呟いた原宿系少女は徐に頷いてみせる。

「最近まで毎晩共に過ごした仲でありんす」

「まい……ばん……？」

思いもよらない返答にドクンと波打つ心臓が飛び跳ねそうで胸を押さえた。

「甘い夜でありんした」

チョコレート味のマカロンを口に放り込んで微笑んでいる。

「へ、へぇ。そうなんだぁ……」

渇いた喉に流し込んだ紅茶の味がしない。

「……あなた、未成年じゃないわよね？」

「質問は一つと言いんしたはず」

鳥居君はモテる。私の会社でも鳥居君は女の子の間で人気があるし、社内一の美人と呼び声高い受付嬢と付き合っていたのも知っている。でも、鳥居君が誰と付き合っていようと気にならない。それはもう過去の話。私は未来を見据えている。この口の周りにチョコを付けている少女も、鳥居君とはなにやら親密な仲だったみたいだけど「最近まで」という言い回しから、現在は継続中にはないと見た。つまりは、この子も既に鳥居君の「過去」。

でも、この少女が未成年であるならまた話は変わってくる。未来を見ているからこそ、そこは見過ごせない。

「社交辞令さん」

「……もしかして、それ。私の事？」

「ヒントをやりんしょう」

「勝手にあだ名付けるのやめてよ。社交辞令さん？　なによそれ」

「わちきは社交辞令さんより若くはありんせん」

「そんなわけないでしょ。私を幾つだと思ってんのよ。私は鳥居君の同級生よ」

最後のお菓子を摘まみ「へぇ」とか「成程」とか、聞こえるギリギリの声量で呟いて少女は席を立った。

「次に会う時も、質問に一つだけお答えするでありんす」

「……それ、どういう意味？」

少女は答えず、代わりに意図の読めない薄い笑みを浮かべて去っていった。この短時間で交わした会話にならない会話で、まるで全てを見透かされたような後味の悪い違和感だけが空間に取り残される。

「次に会う？　冗談じゃない。気味が悪い」

トゲトゲした心も包み込んでトロリと溶かしてくれる優しい甘さを口いっぱいに頬張りながら、私は頭の中でクローゼットを開き、明日着ていく服の選抜に専念した。

◆

以前は、私の話に耳を傾けて笑っているだけだった鳥居君も、今ではいろんな事を話してくれるようになった。気になったニュースや面白かったテレビ番組の話。崇司さんの引っ越し準備を手伝った時の苦労話や、助っ人に呼んだ部下の女子力が高い話。

表情も口も随分と柔らかくなった彼だけど、あの少女の話は出てこない。どんな関係だったかは知らないし、過去だと言うなら気にしない。話したくないと言うなら聞かない。でも、目の前の彼を見る度に脳裏にちらついてしまう、あの少女の言葉が気になって仕方がない。

『次に会う』。私はまた、あの少女に会うと言う事なの？　それっていつ？　どこで？　確約もないのに何故かまた会うような気がしてならないのが不気味で不愉快だ。

「この店は崇司とよく来てたんだ。若い女の子を連れてくるようなところじゃないんだけど、ここより美味い焼き鳥を俺は知らない」

「本当だ。美味しいですね」

鳥居君が連れてきてくれたのは、お手頃価格な料理と庶民的な雰囲気の所謂《いわゆる》、大衆居酒屋だった。休日の夜だけあって幅広い年齢層の客で賑《にぎ》わっている。一応、布を垂れ下げて仕切っただけの個室がある小奇麗な店だけど、デートスポットとは大きくかけ離れている。少なからず期待していた私は内心「違う！」と叫んだ。しかし料理はどれも美味しくて、彼が言うように甘辛のタレに絡んだジューシーな焼き鳥は本当に美味しい。

それにしても、同級生の私に「若い子」だなんて。鳥居君は私の正体に全く気が付いていない。気付きそうな気配も皆無。もう言ってしまった方が早い。けれど向こうから気が付いてほしい。

なんとか思い出してほしいと願う私は同世代である事をにおわせる為、小学校の給食だとか流行っていた遊びだとか切り札を話しに混ぜ込んでいるのに、どうもうまく伝わらなかった。

「鳥居さんは、きっと子供の頃からモテてたんでしょうね」

「そんなことないよ」

「本当ですかぁ？」

嘘でしょ。毎年バレンタインはランドセルの中を本命チョコで埋め尽くしていたじゃない。それをこっそり男子に配っていたのも知っている。だから私はあげなかった。

「…………」

ちょっとした昔話から話を広げられるほど饒舌《じょうぜつ》ではない鳥居君に、苦戦を強いられる。同じクラスにいただけで一緒に遊んだ事もなかった二十年前より、二人きりで向かい合っている今の方が距離が遠い。飼育係で一緒に鶏の世話をしていた私達が今、大人になって一緒に焼き鳥を食べているシュールさも共感することができない。もどかしいけれど、ここは耐えなくては。

絶対に思い出させてやるんだから。そして今度は鳥居君。あなたが私に告白する番だ。これが私の思い描く未来。運命はもう、私と共に動きだしている。

◆

「なんでここにいるの？」

平日の昼下がり。上司に頼まれて茶受けを買いに来た老舗の和菓子屋で、不意打ちの如く遭遇した原宿系自称神様に思わず顔が渋る。チョコレートばかり食べてるくせに、どうして和菓子屋にいるのか。

「これを買いに来んした」

そう言って指差す先。饅頭やどら焼き。串刺し団子やカステラなどが並ぶガラスケースの中で中央を陣取っている羊羹《ようかん》。

「羊羹って。あんた黒くて甘けりゃなんでもいいわ……け……」

目にした商品名に言葉を失う。

「チョコレート羊羹でありんす」

一切れずつのバラ売りもあるというのに、少女は丸ごと一本購入。どこか勝ち誇ったような笑みを寄こしてきた。

「反則でしょ。そんなの」

「では反則切符を切りんすか。この店に」

「あなた何者？　こうも偶然が重なるわけないじゃない」

質問には答えず、チョコレート羊羹の入った袋を提げて満足気にその場を立ち去ろうとする少女に、そうはさせるかと行く手を遮る。

「あなた、まさか。鳥居君に未練があって、それで私を付け回してるんじゃないでしょうね？」

「問いに答えるのは一つと言いんした筈。もう既に今日は一つ答えておりんす」

少女はひょいっと脇から身をかわすと、出口の方へ向かっていく。

「次も答えるのは一つでありんす。質問はよおく考えておきなんし」

「ちょっと待ちなさいよ」

追いかけようとした私を店員が阻《はば》む。

「布袋様。ご注文の品が揃いました」

「あ……はい」

少女は振り向きもせず店を出ていってしまった。素早い身のこなしは動物並みだ。追いかける気にはなれず、諦めて支払いを済ませる。

「お待たせ致しました」

「あの、このチョコレート羊羹って……」

「追加でございますか？」

「い、いえ。買いません。ごめんなさい。ちょっと気になって」

「こちらは、昨年のバレンタインに出させていただいておりましたが、好評につき今年から、冬季限定商品として本日より販売を開始いたしました」

「今日からって。そんな出来た話が……」

「はい？」

「いえ。どうもありがとう」

商品を受け取り、笑顔の奥で訝しげな眼をしている店員に背を向けてそそくさと店を出た。少女にまた『次も』と言われ、一抹の不安を胸に抱えながら。

七回目のデートは週末の夜。イルミネーションに彩られた街頭を二人並んで歩き、一人密かに恋人気分を味わっていたけれど、着いた店はやっぱりロマンチックの欠片もない居酒屋だった。鳥居君が選んでくれた店だから文句は言えない。そして料理にも文句はなかった。

このところは会話も増えて滞在時間も延びている。手繰り寄せている運命の赤い糸は切れる事もなく、確実に私達の距離は縮まりつつある。なのに進展の兆しは見えず、一向に私を思い出す気配もない。これじゃ、まるでただのご飯友達みたい。

今まで私も人並みの恋をしてきたけれど、鳥居君を忘れさせてくれるような人とは出会えなかった。完全に彼を忘れた日などなかったように思うこの二十年間が虚しく感じてしまうけれど、それも今だけ。

きっと巻き返す。奇跡の再会を果たし、今はこうして二人きりで楽しく食事をしている現状を見てみなさいよ。算段なんかなくたって未来はもう約束されているようなもんでしょ。最後に勝つのは、信じた私なんだから。

◆

翌日は朝からどんよりと曇っていた。分厚い雲に太陽の光が遮られるだけで体感温度はぐっと下がる。風邪をひかないように暖かい恰好をして家を出た。

煉瓦《れんが》で覆った壁面と煙突が特徴の、絵本に出てきそうな可愛らしい店の中に入った。私は毎年この日になると、このチョコレート専門店に来てチョコを買う。メルヘンな世界に迷い込んだような錯覚を覚える凝った内装の店内には、目移りしてしまう程に種類豊富なチョコレートが顔を揃えている。全体に染み込んでいるカカオの甘い香りはレンちゃんの匂い。

今日はレンちゃんと会う予定の日。

持っていくお土産を選んでいると、視線が背中に突き刺さったのを感じた。嫌な予感がするなと思いながら振り返ると、それは具現化した。視界に入った一人の少女。カラフルな姿がすっかり周囲に溶け込んでいて気が付かなかった。チョコレートをカゴいっぱいに詰め込んでいる原宿系少女は私を見るなりにっこり微笑んだ。

「よく会いんすなあ」

「……ええ。ホントに」

いつも私より先に店にいるこの少女の目的が、私じゃなくてチョコレートだと言う事はもう分かっている。それにしても気味の悪い偶然。これもまた運命なのだろうか。

「そうだ。私の質問に一つだけ答えてくれるのよね？　あ、今のは質問じゃないから」

「なんでも聞きなんし」

「ちょ、ちょっと待って。今考えるから」

最近の奇妙な巡り合わせを思えば、この店で出くわす可能性も考えられたかもしれない。でも今日は大切な日だし、少女の事は全く頭になかった。質問を考えておけとか言われてたけど、会うつもりもなかったから全く考えていなかった。でも、折角だからなにか聞いてみよう。なにを聞こう。

鳥居君との関係は？　いいえ。もう終わっているなら聞く必要はない。何者なの？　これもダメ。また神様だとか言われそうだし。どうして私が社交辞令なの？　聞きたくないような。どうしてレンちゃんを知っているの？　鳥居君に聞いたとしか思えない。この少女には興味はないし、やっぱり鳥居君の事を聞かなくちゃ。

「えっと………」

待ってよ。私は、鳥居君の事なら子供の頃から知っているのに、どうしてこんな子に聞かなきゃいけないのよ。

「ないので？」

「……ううん。ある」

悔しいけど、私の知らない鳥居君をこの少女は知っているかもしれない。レンちゃんの話を鳥居君から聞いたのであろうこの子なら。なにも教えてくれないプライドなんて今は捨てて、聞いてみなくちゃ。

「教えて」

大丈夫。自分に言い聞かせて前に進み出る。同じくらいの背丈である少女は、同じ目線で真っすぐに私を見つめ返してくる。

「鳥居君は、〝レンちゃん〟に会えて良かったと、本当にそう思ってる？」

本人は『良かった』と言っていたけれど、それが本音である確証はない。私は彼の言う事を信じているけれどそれは結局、都合のいい様に解釈して自分を守っているだけではないだろうか。それじゃ駄目だ。意味がない。私が本当に守りたいのは――

「レンちゃんが男であった事にはショックを受けておりんした」

「そ、そうよね」

私の嘘で鳥居君は男の子に恋をしていた事になったのだから。本当に、それはごめんなさい。

「そいでも。願いは叶ったと申しておりんした」

「願い？」

「幸せそうなレンちゃんに会えて良かった。そう、わちきに語りんした。酒を飲み交わす場に嘘を持ちこむ野暮な殿方ではありんせん」

「お酒を飲むってことは。あなたは未成年ではないのね？」

「質問にはもう答えんした。また次にしておくんなんし」

身近にあったチョコレートクッキーに手を延ばし、既にいっぱいになっているカゴに乗せるようにして少女はレジへと向かう。

「また次もあるの？」

聞いたところで答えないでしょうね。ぼやくように呟きながら少女の背中を見送る。

鳥居君はレンちゃんの幸せを願っていた。そして願った通りに幸せそうな〝レンちゃん〟に会えて良かったと思っている。嘘ではない。

私の思った通りだ。知らないうちに力が入っていた肩と胸を撫で下ろす。

さぁ。レンちゃんに会いに行こう。私は色とりどりの可愛いお花が描かれたチョコレートを選んで店を出た。

雨が今にも降りそうで持ちこたえている曇り空の下。私は子供の頃によく遊びに来ていた運動公園にやってきた。

二十年前。運動が苦手なレンちゃんを誘いだし、ここで一緒にバトミントンをしていた。そしてレンちゃんは、鳥居君に出会った。

隣のコートでバスケットボールをしていた鳥居君が、飛んできたボールを避けられず固まってしまったレンちゃんを助けてくれた。後でこっそり「私の好きな人」だと教えると、レンちゃんは嬉しそうに「応援する」と言ってくれた。

早速、作ってきたチョコレートが一つ余っているから私の代わりにあげてきて、と心憎い演出を図りにきたけど、恥ずかしかった私はそれを断り、自分でお礼してきなさい、とレンちゃんを送りだした。男の子が苦手なレンちゃんが初めて会った、学校も違う鳥居君に手作りチョコを渡すのはさぞかし勇気がいったことだろう。悪い事しちゃったかなと少し後悔したけれど、まさかあの時のチョコレートが二十年もの間、鳥居君の心に深く刻まれることになるなんて。人生というのは本当になにが起こるかわからない。

それから恋愛相談にのってくれるようになったレンちゃんに励まされ、告白すると決意表明した翌日に鳥居君に呼び出された。なにやら言い淀む彼の様子に心臓が高鳴る。これはきっと告白される！　そう感じた私は焦った。告白するとレンちゃんに宣言した手前、自分から思いを伝えなくちゃ。そう思った私は、彼が口を開く前に「好き！」と一言だけ勢いに乗って言い放った。

振られた時はなにが起こったのか分からず世界が止まった。

鳥居君に振られた二日後。落ち込んでばかりもいられない。レンちゃんに正直に話して、応援もアドバイスも台無しにしてしまった事を謝ろう。そう決めて、私は重たい足を引きずるようにして塾へ向かったけれど、レンちゃんは塾には来なかった。

運動公園付近でそれは起こった。一台の車が走行中、歩道に乗り上げて通行人を次々と撥《は》ねた。六人が死傷する凄惨《せいさん》な事故。原因は脇見運転。スピード過度でコントロールを失ったと供述した運転手は現行犯逮捕。しかし、一人の犠牲者が出てしまった。

それが、塾に向かっていたレンちゃんだった。

私と鳥居君の学区はレンちゃんの生活圏とはかなり離れていたから、学校でも事故の話は「車には気を付けましょう」と注意を促すだけにとどまった。それどころか、同じ小学生であるレンちゃんが犠牲になった事で、子供達への配慮から大人達は事故の話を避けていた。レンちゃんが死んでしまった事を誰一人として知らない教室は息苦しかった。レンちゃんに会えない塾も辞めてしまった。

元気をなくしていく私を心配した両親は突然引っ越しを決めて、私は転校。それまで仲良くしていた友達とも連絡を取らなかった。カウンセリングを受けたりもしたけれど、通常の生活を取り戻すまでには時間がかかった。

運動公園の中を通り抜けて公道に出る。しばらく歩いた先にある、二十年前には無かったガードレールの片隅に、買ってきた花束を置いて手を合わせた。

私は年に一度、レンちゃんの命日にこの事故現場を訪れている。そのあと墓参りに行き、最後にレンちゃんの家を訪ねる。

小さな花がぱっと咲くように微笑んでいる遺影に手を合わせ、ショコラティエを夢見ていたレンちゃんが憧れていた専門店のチョコレートを供えた。

よく一緒に遊んでいたレンちゃんの部屋。クローゼットの洋服やベッドの布団など、少しずつ片づけられていくなかで、机だけは当時のまま残されている。引き出しには塾で会う度に交換していた日記が入っている。最後に書かれている言葉は何度も見ているうちに一字一句間違わずに暗記してしまった。

「ユリちゃんへ。告白、頑張って。緊張するかもしれないけど落ち着いて、鳥居君の好きなところをちゃんと伝えてね」

鳥居君に呼び出された事で勘違いして焦った私は、レンちゃんのアドバイスを少しも活かせず失敗して、謝ることもできなかった。

あれから二十年。この日記を開くたびにレンちゃんのアドバイスを、応援を無駄にしてしまった事を悔やんでしまう。鳥居君を忘れられずにいるのは勿論、大好きだったからだけど、大好きだったからこそ、その後悔の念が強くて忘れられないのだと思う。

でも、それももう終わり。きっともうすぐ鳥居君は私の正体に気が付く。そして私に告白する。そうしたら私も、今度こそちゃんと想いを伝えるんだ。これが私の運命のシナリオだ。

「私は、鳥居君は運命の人だって信じてる。次に来る時にはきっと良い報告持ってくるから待っててて。あと、男にしちゃった。ごめんね」

開いていた日記を元に戻した。

レンちゃんはもうこの世にいない。真実を知ったら鳥居君はきっと傷つく。男だと知ったショックとは比にならないくらい深く傷ついてしまう。せっかく会えた彼から笑顔を消したくなかった。彼の中で灯り続けるレンちゃんの明かりを消してもらいたくなかった。嘘でもいいから、レンちゃんが幸せでいると伝えたかった。

私は、騙してでも鳥居君を守りたい。

自分のしたことが正しいとは思っていない。それでも私は突き進むと決めた。この運命は、訪れたチャンスは、絶対に逃すわけにはいかない。

部屋を後にしてレンちゃんの家を出ると、あんなに分厚かった雨雲が薄れ、見上げた空は晴れ間を覗かせていた。晴れ女だったレンちゃんの命日に雨が降った事は今まで一度もない。天気予報は大外れ。傘を持たずにレンちゃんを信じて正解だった。

◆

指を銜《くわ》えて待っていても埒が明かない。鳥居君の脳内で眠っている記憶をどうにか突《つっ》いて起こさなければと水面下で奮闘するも、私といた小学五年生の記憶は、レンちゃんと出会った小学五年生の記憶にすっかり隠れてしまっているみたいだった。

「美味しいって評判のお店があるんです。鉄板料理屋なんですけど」

そこで私は最後の切り札を使う事にした。仕事帰りのデートで店の名前を告げると、鳥居君は驚いたような、それでいて嬉しそうなリアクションをする。

「それ、俺の親の店」

「え！　本当ですか？」

知ってますとも。我ながら自然な演技。

「ごめんなさい。知らなかったものだから。それじゃ別のお店を探しますね」

「いいよ。行こう」

「いいんですか？」

「俺は食べ慣れていて分からないから、布袋さんがその評判を検証してくれないか」

はい。喜んで。思い通りの展開に内心ほくそ笑む。

鳥居君の両親がやっている店には子供の頃に何度か家族と行ったことがあり、評判に違わず美味しいのは知っている。そして鳥居君の両親にも何度か会っている。この手だけは使いたくなかったけれど仕方ない。鳥居君が駄目ならご両親に私を思い出してもらおうという魂胆。私の母と一緒に役員もしていたお母さんなら、名乗ればきっと気付いてくれるはずだ。

ところが思わぬ誤算が生じる。地元の人からも、そうでない人からも愛されている鳥居君の店は年末の忘年会シーズンもあって込み合っていた。店内は既に満席状態。

忙しそうに動き回るお母さんには会えるどころか、私達は店に入る事も出来なかった。

結局、私達は別の店へ。この日も鳥居君が私を思い出す事はなかった。

◆

なんの成果も得られなかった翌日。退勤後に向かったのは駅前のホテル。高級感のあるロビーからエレベーターに乗り込み、デートに最適な夜景が楽しめるレストランがある階を通り過ぎて、多目的ホールがある階で降りた。

スイーツ展と書かれた看板が掲げられたそこは沢山の女性客で賑わっていた。プリンやケーキといった馴染みのあるものから、お洒落な創作ものまで数々のスイーツに加えて、サラダやサンドイッチなどの軽食やドリンクまでが充実している。思わず目移りしてしまうけど、私の目的はそれらではない。

バイキング形式になっているため皿を手に好きなスイーツを取りに行ける。私は迷わず、チョコレートが噴水状に流れだしているチョコレートファウンテンへ向かった。そして串に刺したプチシューを今まさにチョコレートの滝に潜らせようとしている原宿系少女を見つける。私がここに来た目的はこの自称神様だ。保証はなかったけれど、ここに来たら会えるような気がしていた。

　隣に立った私に気がついた少女は「おや」と微笑んだ。

「こんばんは。社交辞令さん」

「その呼び方やめてくれない？　チョコレート中毒ちゃん」

　少女が手にしている皿の上には、チョコレートコーティングを待っているマシュマロや果物の他に、チョコがたっぷりとかかっているエクレア、ブラウニー、フォンダンショコラ、ガトーショコラ、濃厚そうなチョコレートのアイスクリームまで乗っている。

「見てるだけで口の中が甘い」

「それは幸せでありんすなあ」

　サラダとシーフードピラフを皿に乗せた私に少女はため息をついた。

「ここに来てスイーツを食べなんせんとは」

「あなたのせいでしょ。そんな甘甘地獄を見せつけられたらこうもなるわよ」

　と反論しつつ、折角だからとキャラメルプリンを一つ取った。

「今日も一つだけ、質問に答えてくれるのよね？」

「考えてきんしたか」

「その前に、私の話を聞いてほしいの」

会場の半分がイートスペースになっている。丁度空いていた二人掛けのテーブルに着いた私達。早速話を切り出そうとしたが「先ずは食べなんし」と制された。早く知りたいと気持ちは焦るけれど、安くはない入場料を払っているうえに時間制限があるから食べないわけにはいかない。

「そいで、話とは？」

やっと聞く耳を持ってくれたのは、少女が二枚の皿を空にして三枚目になる皿にたっぷりとチョコスイーツを盛って戻ってきた時だった。甘いものは別腹なんて言葉があるけれど、この子の別腹はきっとブラックホールだと思う。

私は、小学五年生の時に鳥居君と同じクラスであった事と、レンちゃんと同じ塾に通っていた事を話した。少女は食べる手を止めないままに時々頷くなどして、一応話は聞いているようだった。

「あなたはレンちゃんの話を鳥居君から聞いたのよね。その時の事をよく思い出して」

念を押すように身を乗り出し、会いに来てまで聞きたかった質問を投げかける。

「私の事、なにか言ってなかった？」

鳥居君は一年間を共にした私を忘れてしまっているけれど、一度だけ会ったレンちゃんの記憶は思い出と共にずっと胸に抱いていた。小さくはないショックと焦りで、私は着目すべき点をすっかり見失っていた。

鳥居君とレンちゃんが出会ったあの日あの場所には、私も一緒にいたのだ。クラスメイトの布袋由香利は忘れても、もしかしたらレンちゃんと一緒に遊んでいたクラスメイトAの記憶はあるかもしれない。

「レンちゃんと一緒にバトミントンをしていたのでありんしょう。聞いておりんす」

「やっぱり！」

鳥居君は私の事を完全に忘れているわけではなかった。

「その後に告白されたと」

「そう。それよ！」

「興味はないと振りんしたそうで」

「一言多いわ」

「会いたがっておりんした」

「私に？」

「レンちゃんを捜すためでありんす」

「そう、でしょうね」

「そいでも顔も名前も忘れてしまったと」

「憐れむような目で見ないでよ」

美味でありんす、と微笑む少女が味わっているのはスイーツなのか私の不幸の味なのかはさておき。

「これで鳥居君が私の存在を覚えているのは分かった。あとは、彼が私だと気付くだけ。道が開けたわ！」

ゼロからの再出発にはならなくて済んだ。私は満足気に席を立つ。

「もう行くので？　まだ時間は残っておりんす」

「ええ。もういいわ」

「次も、どんな質問にも一つだけ答えるでありんす」

「それも、もういいかも」

「そうそう。あの方は社交辞令さんに、まるで昔から知っているような懐かしさがあるとも申して……おや。もうおりんせん」

◆

希望の光を見出してから二日後の週末に鳥居君との食事デートが決まり、胸を躍らせていたのもつかの間。デート当日。街路灯に照らされながら、付かず離れずな距離を保ちつつ夜道を並んで歩いていた私達はとても良い雰囲気だったと我ながら思う。しかし、突如として降りかかった予想外の出来事に事態は急変。デートは中断。それどころではなくなってしまった。

楽しい時間を過ごすはずだった夜の街中を、挫いた右足を引きずるようにして私は一人走っていた。足は痛いけど、少しでも遠くへ逃げたかった。鳥居君が追ってこられないところへ。逃げて、逃げて、ひたすら逃げた。

やがて力尽きた私の目に一軒の洋菓子店が留まる。

白を基調とした外壁に赤いランプの装飾。まるでショートケーキを連想させるような外観。あの原宿系少女と初めて会った店だった。よくわからない涙がこみ上げてきそうなのをぐっと堪え、乱れた息もそのままに私の足は店内に吸い込まれていった。

暖かい紅茶とロールケーキを注文して、案内された席に倒れ込むようにして座る。

二人掛けのテーブルには、注文していないホールのままのチョコレートケーキ。ゆっくり視線を上げていくと一人の少女と目が合った。

「…………」

言葉を失っている私の様子に、案内してくれた店員が「お連れ様だと伺いましたが、違いましたか？」と首を傾げた。

「……いえ。大丈夫です。ここでいいです」

原宿系少女と向かい合った私は、しばらく放心状態で宙を仰いでいた。

「茶でも飲まんし。冷めるでありんす」

のんびりとケーキを食べていた少女だが、紅茶の湯気が消えたのを見兼ねたようにカップを押しつけてくる。喉が渇いていた私は紅茶を一気に飲み干した。

「はぁ。ちょっと落ち着いた」

「ひどい顔でありんすなあ。化け狸にでも会いんしたので？」

「冗談に付き合う余裕ないんだけど」

「……」

「そろそろなにがあったか聞いてくれない？」

「聞いてほしいので？」

「なら聞かせんし」

ロールケーキを口いっぱいに頬張ってエネルギーを補給してから「今日はデートのはずだったのに」と切り出した。

「鳥居君のご両親がやってるお店に行く予定だった。前回も行こうとしたんだけど店が込んでて入れなくて。それで今日は、鳥居君が私のために席を予約して取っておいてくれてたの。そりゃテンションも上がるわよ」

「行かなかったので？」

「だからここにいるんじゃない」

「……」

「だから聞きなさいよ。まだ話は終わってないわよ」

「そいなら聞かせんし」

面倒くさそうな態度を包み隠さない少女に構わず続ける。

「店に向かう途中は、会話も弾んでいい感じだったのよ」

鳥居君のお母さんならきっと私が分かるはず。今日こそは鳥居君が私を思い出す日だ。彼の驚く顔が目に浮かぶ。そして私達の距離はまた一段と近づく。彼も私みたいに運命を感じるかもしれない。さまざまな嬉しい憶測が脳裏を過る中で気分上々な私は気が緩んでいた。

「一番人気のメニューは何ですか？」

私の問いに鳥居君は少し考えてから答えた。

「そうだな。オムソバは子供から大人まで人気があるよ。女性にも」

「オムソバ。私、大好きです！」

「けど、俺のお勧めは海鮮焼きだね」

「海鮮ですか。いいですね！」

「父親は仕入れる肉や魚には拘りがあって、特に好きな魚介にはうるさいんだ」

「それで鳥居さんは魚介が好きなんですね」

「肉も好きだけど。どちらかと言われたら、そうかな」

「給食の時も、魚が嫌いな子の分まで食べてあげてましたもんね」

「……？」

「……あっ」

慌てて口を押さえても後の祭り。はっきりと飛び出してしまった失言は、もう口の中には戻せない。

「その通りだけど。どうして布袋さん知ってるの？」

「え、あ、アレ？　この前そんな話、してませんでしたっけ？」

「いや。そんな話はした記憶ないけど」

「あ、あれぇ？　そうでした？　おかしいなぁ……」

うろたえる私を見る鳥居君の目は訝しんでいる。

「そ、そうだ。これ、別の人の話でした。やだ。間違えちゃった。ごめんなさい」

やばい。こんな苦しい嘘で誤魔化すのは厳しいかもしれない。

でも、もしかしたらコレって、私を思い出させる引き金になるんじゃ――

「あぁ。なんだ。驚いたな。そんな偶然もあるんだね」

淡い期待は膨らむ前に玉砕した。

一体いつになったら私の事を思い出してくれるんだろう。引きつった笑みの裏で、鳥居君との幾多の思い出が流れるように脳裏に映し出されていく。

「…………」

胸の奥に突き刺さるような痛みを感じて私は足を止めた。

「……どうして？」

そう呟いた時。なにかが弾け飛ぶような音が体内に響いたのを、私は確かに聞いた。

「……布袋さん？」

「……どうして知ってるかって、聞きました？」

お腹の底からうねる様にして込み上げてくる激しい感情が声を震わせる。

「知ってるわよ。当たり前でしょっ」

なかなか思い出してくれない鳥居君への怒りが膨張し、悲しみが化学反応を引き起こす。急激に増大した圧力に耐えられなくなった殻が弾け飛び、暴走する心が勢いそのままに解放された。

つまり、爆発した。

「その魚嫌いだった子っていうのは、私なんだから！」

このままでは今までの苦労が無駄になってしまう。僅かに残っている冷静な自分が脳の片隅で悲鳴を上げている。

「私は布袋由利佳よ。どうして思い出してくれないのよ！」

駄目だ。感情を抑え込んでしまう癖は転校してからカウンセリングで克服した。それからの私は、こうなるともう自制が利かない。

「いつも髪を三つ編みにしてた。赤いスカートをよく履いてた。算数と跳び箱が得意で工作とリコーダーは下手だった。五年二組の布袋由利佳よ！」

早口になって捲《まく》し立てた。最後の方は絶叫に近かった。

「…………クラス委員長？」

目を丸くした鳥居君が呟く。私は確かにクラス委員長を務めていた。でも、思い出したところで勢いは収まらない。そもそもが遅すぎる。

「そうよ。委員長で、レンちゃんの友達。一度しか会ってないレンちゃんは忘れないのに、どうして一年皆勤賞でほぼ毎日会ってた私を忘れるの？」

こっちは告白までしたのに。私はずっと鳥居君の事を忘れられずにいたっていうのに。鳥居君がレンちゃんをずっと忘れられずにいたみたいに、私だって――

「どうして言ってくれなかったんだ」

困惑する鳥居君。違う。私が見たかったのはこんな顔じゃない。

「思い出してほしかったのよ。私は二十年も鳥居君の事を想ってたのに、忘れられてるなんて悔しいじゃない」

負けず嫌いなのは知ってるでしょ。運動会の選抜リレーで敵組に負けて泣いていた私を慰めてくれたあなたなら。

ようやく口を閉じたけれど、今度は涙腺が暴走して分からない涙を流し続ける。無意識に奥歯をぐっと噛みしめた時、これは悔し涙だと気が付いた。滲んだ視界。鳥居君はどんな顔をしてるだろう。よく見えない。

もう嫌だ。私は、なにかを言おうとしていた彼に体当たりをして不意を衝き、足を挫いたけどその場から全力で逃走。持久力がある長距離派の鳥居君だけど、足の速さには自信がある短距離派の私は逃げ切ることに成功した。


「……もう最悪」

自分の失態に力を削がれてぐったりと項垂《うなだ》れる。

「あぁ、どうしよう。折角いいところまで来てたのに。これで、もう終わりかも……」

まだ始まってもいない鳥居君との関係もこれまでか。

「鳥居君が思い出してくれるまで、自分からは絶対に口が裂けても名乗らないって決めてたのに」

「いっそ口が裂けたらよござんしたなあ。そいなら名乗れもできんせんのに」

少女はホールだった影も形もないケーキの、最後の欠片をぱくりと食べた。

「…………」

もうなにも言い返す気になれない。

「レンちゃんの事しか頭になかったあの方でありんす。いくら待てども無駄なこと」

「鳥居君が私を思い出して、その感動的な流れで告白されるっていう下剋上《げこくじょう》を狙っていたのに」

「そんな魂胆でありんしたか。そいでも無駄に変わりありんせん。そんな物差しを押しあてたような単純な謀《はかりごと》が、あのひねくれた方に届くとは思いんせん」

「鳥居君はひねくれてなんかないわよ」

「例え最後まで密なるを良しとしても、所詮が謀。通用する相手にありんせん」

「どういう意味よ？」

「恋は図るものではなく落ちるものでありんす」

さらりと言い放った少女はなんだか艶《あだ》っぽくて思わずこっちが赤面してしまう。

「社交辞令さん。あなたがそうであったように」

私が鳥居君を好きになったのは彼に図られたわけじゃない。私には彼を好きになった理由がちゃんとある。

「今宵は良い月が出ておいでで。気分がいいので特別にもう一つ、質問に答えるでありんす」

窓を覗き込んでいた少女が振り返る。

「おありなのでしょう。もう一つだけ、わちきに聞きたい事が」

言われて私はしばらく黙りこんだ。

鳥居君は運命の人だと思っていた。そう信じて疑わなかった。でも、その運命にそっぽを向かれた今、もう諦めるしかないんだろうか。

自信がない。鳥居君を諦められる自信が、ない。

「……それじゃ答えてくれる？」

ゆっくりと顔を上げた私は恐る恐る質問を口にした。

「私は、まだ信じてもいいのかな」

覗き込んだ少女の瞳に、怯えている自分の顔が映っている。

「一度は信じた運命を、これからも信じ続けていいと思う？」

すると少女はスッと窓を指差した。

「あちらに見えんすは、その答えにありんす」

手招きされて覗いた窓の外。向かいの歩道に、辺りをきょろきょろと見ながら、まるで人探しでもしているように人の間をすり抜け走っている人影がある。

「人は運命からは逃れられんせん」

ここからでは遠くてよく見えないけれど、高鳴る心臓が「あれは鳥居君だ」と告げている。

「……そうみたいね」

これ以上は逃げられない。足も痛いしクタクタだし。でも、逃げられないと言うのならもう逃げる必要もない。

「ねぇ。もう一つだけ、特別大サービスしてくれない？」

無視する少女に食い下がる。

「あなたは、なに者なの？」

「一度で覚えなんし」

ため息交じりに呟いた少女が席を立つ。

「わちきは神様でありんす」

「そう言うと思った」

店を出ていく少女の背中を見送り、ふと思う。

あれ。もう「次は」とは言わないんだ。

横断歩道を渡った鳥居君がこちらに近づいてくる。もう逃げない。見つけられるもんならやってみろ。運命だっていうのなら、今度はそっちが赤い糸を手繰り寄せて辿り着いてみなさい。

私は席に居座った。見つけて欲しい。窓際の席で祈るようにして待つ私の手がコートのポケットに伸びる。そして、いつもそこに忍ばせていた物が無くなっている事に気が付いた。

「えっ。嘘、落とした？」

ポケットを裏返し、床を見渡し、バックの中を探っていた時、コン、コン、と窓を叩く音に振り返ると
「…………？」

そこには額に汗を浮かばせ息を切らせている鳥居君が、ある物を掲げて立っていた。

「落としたよ」

声は聞こえなくても口の動きでそう言ったのが分かった。鳥居君の手にあるのは御守り。私が流行らせた事になっているナンデモカンデモハッピー御守り。赤い糸を結びつけたそれは、間違いなくコートのポケットに入れていた私の物だった。

挫いた右足はまだ痛む。だけど私は気が付けば店の外へ飛び出していた。無言で御守りを差し出す鳥居君。きっと体当たりしたときに落としたんだ。当て逃げした私を責めるどころか、その顔には優しい笑みが浮かんでいる。

「鳥居君──」

逃げてごめん。御守り拾ってくれてありがとう。言わなきゃいけない事が続かない。鳥居君の笑顔を見ているると苦しくなる。言いたい事がたくさん胸に詰まっている。

応援する。そう言ってくれたレンちゃんは、もうここにはいない。

頑張って。そう言ってくれたレンちゃんは、今も私の背中を押そうとする。

『緊張するかもしれないけど落ち着いて』

分かってるよレンちゃん。受け取った御守りをギュッと握りしめる。

『鳥居君の好きなところをちゃんと伝えてね』

見ていて。もう、失敗はしないから。

意を決した私は結んでいた口を開いた。

「私、魚嫌いだったけど鳥居君が好きだっていうから、頑張って克服したのよ」

居酒屋で一緒に食べた焼き魚。美味しい、と言ったのは演技じゃない。

「ヒールを履いても鳥居君の方が断然身長高いけど、あの頃は、私の方が高かった」

女子の中では背が高くて、鳥居君より小さい女の子が羨ましかったけど、あれから殆ど背が伸びていない私はきっと、中学生の頃には鳥居君に抜かされていたと思う。

「男子にはメガネって呼ばれてたけど、眼鏡やめてコンタクトレンズに変えたの。私の事、鳥居君はあんまり覚えてないかもしれないけど。あれから二十年経って私も変わったわ。でも、変わらないものもある」

　忘れられなかった。伝えられずに置き去りにしてしまったあの頃の気持ちと、交換日記で交わしたレンちゃんの最後の言葉が、どうしても忘れられなかった。

「あの時、言えなかった事を今言わせて」

　二十年経っても緊張するけど、落ち着いて。ちゃんと伝えよう。

「勉強が出来ても威張らないところが大人だなって思った。スポーツ万能なのに泳げないなんて可愛いと思った。最下位確実だったリレーのアンカーで、諦めずに最後まで全力で走ってたときはカッコイイと思った。採取した後の昆虫は必ず逃がすし、アレルギーを我慢してまで野良ネコの頭を撫でるところが素敵だと思った。私は、そんな鳥居君が大好きだった」

　ここで終わりにはしない。信じる限り運命は終わらない。終わらせない。

「私の気持ちは変わらない。私は、鳥居君の事が今でも好きです。さっきからじろじろ見ていく通行人の目も気にしないで私の話を聞いてくれる、優しいところも」

　鳥居君も変わってない。リレーで最下位になったのは私が転んだからなのに、怪我した私を気遣って保健室へ連れて行ってくれた。泣き止むまで付き添ってくれた。

昔も今も、鳥居君は優しい。

「布袋さん。足、引きずってたみたいだけど大丈夫？　家まで送るよ」

「…………」

返事は？と目で問う私に左腕を差し出す。戸惑いながら腕につかまり、ゆっくりと歩き出す。

また振られたのかな、私。それでも、想いはちゃんと伝えた。これでレンちゃんに胸張って報告できる。

「布袋さん。言いにくいんだけど」

「……うん」

頷いた私は笑顔を取り繕って鳥居君を見上げた。振られる予定なんてなかったから当然、覚悟なんて出来てない。でも、なにを言われても笑顔で返す覚悟だけは決めよう。それが私の、せめてもの優しさの恩返し。

「ずっと気が付かなかったくせに今更って思うかもしれないけど。布袋さんには懐かしさみたいな親しみを感じてたんだ。レンちゃんの事を話した後は、もう会えないかもしれないと思ったけど、また連絡が来たときは嬉しかった。布袋さんの向かい側は心地がいい。一緒にいると素直に楽しい。こんな感覚は今までなかった」

足を止めたのは痛むからじゃない。痛みなんて、もう感じなかった。腕につかまる手に重なった、鳥居君の手の温もりしか感じない。

「俺と付き合ってください。これからも俺のそばにいて欲しい」

◆

鳥居君に告白してから一週間。あれからどのスイーツ店に行っても原宿系少女と出会うことはなかった。

聞きたい事はもうないけど、聞いて欲しい事ならあるのに。変なあだ名で呼ぶし好きじゃないけど、あの自称神様とは会うべくして会う運命だったと今では思う。神様といた時間はどんなスイーツよりも、複雑に絡まっていた私の心を不思議とほぐしてくれていた。

あだ名の事は水に流してあげてもいいから、神様。もう一度、会えないかな。

続・同居の神様

同居五十八日目。すっかり私の部屋に住みついている山の神様は休日であるこの日、朝から妙に張り切っていた。

「どうして今から大掃除？」

「今は年末。やるべき事は大掃除でござる」

「十二月って言ってもまだ初旬だよ。それに、いつもキレイにしてるじゃん」

「キレイにしておるのはお嬢ではない。それがしでござる」

「そうだけど」

「休日とは休む為にあるのだと主張してはだらけておる。そのようではいつまでたっても片付かぬばかりか、いつまでたっても嫁になど行けぬでござる」

「…………」

この神様はいつから私のお母さんになったのか。

「もう片づけるところなんてないよ」

少しくらいの散らかりなら見て見ぬふりの生活が出来ていた私なのに、キレイ好きな神様が来てからというもの大きく変化してしまった。今ではゴミ一つ落ちていようものなら気になってしまい、自然と拾い上げてゴミ箱に捨てている。床に見つけた髪の毛を拾い上げてため息をこぼす。

「狸さんのキレイ好きが確実にうつってる」

「それがし神様でござる」

神様は小さな手で器用にタオルをきっちりと畳んでいる。

「嫁入り前のお嬢にはこれ以上ない良薬であろう」

嫁に行く当てはないけれど、兄から「結婚する」という報告を受けてからは意識しないでもないでいる。

神様によって整理整頓がなされた私の部屋。最初は自分の部屋ではないようで落ち着かなかったが、今ではすっかり適応していて、これは女子として確かに喜ばしい状況ではある。

「でも、もう充分キレイなんだけど」

「汚れというのは目には見えぬところに溜っていくものだ」

「だからタンスは勝手に開けないでくれるかな」

「お嬢はパンティよりも引き出しの四隅に溜った埃《ほこり》を見られる恥を知るべきでござる」

自ら育てている観葉植物のパキラから葉を一枚取り、頭に乗せた神様はお腹を三回叩いて人間の姿になると、窓を全開に開け放った。

「寒い！」

「動いておれば体などすぐに温まるでござる」

そう言って神様はタンスの引き出しを全部出した。プライバシーなんてあったものじゃない。

「押し入れの中も全部出すでござる。それからベッドもテレビも動かすのだ」

「そんなに張り切らないでよ。引っ越しじゃないんだから」

「それからカーテンを取り、クッションのカバーも外し、洗えるものは皆洗うのだ」

「楽しそうだね。もしかして前世はアライグマ？」

こうして幕を開けた大掛かりな大掃除に一日を費やした。

エアコンの上。玄関の靴箱。見て見ぬふりをしていた水回りの汚れも見る影もない。目に着くもの思いつく場所全てに手を尽くし、これ以上に掃除など出来ない極地へと辿り着いた部屋の中で、私と神様は使いつくした雑巾の如くヘロヘロになって床に寝ころんだ。

「ヘトヘトにござる」

「私も」

「この疲れは銭湯へ行き、大きな湯船に浸からねば取れぬでござる」

「銭湯はもうダメ」

天野と遭遇したあの日から銭湯は禁止している。

「また天野と会って余計な事しゃべられたら困る」

現実離れした神様の正体は隠さなくては。神様と同居している事はバレてしまったが、天野は神様と狸のポコ侍が同一人物である事までは知らずにいる。

つまりは、私は彼氏でも兄弟でもない男の子と一緒に暮らしているのだ。それでいて天野は妙に納得している。

「あれから天野、神様の事何も聞いてこないんだけど。興味ないのかな」

「それがしにか。それともお嬢にか？」

「……両方」

「男に興味を持たれても面白くないでござる」

「私達が恋人だって誤解、解くの大変だったんだからね」

「それがしは困りはせんでござる」

「私が困る！」

「それは何故だ？」

「何故って……。そりゃ事実とは違うからでしょ」

「それにしてはお嬢は必死でござったな」

「天野は友達だもん。変な誤解はされたくないの。だからもう銭湯はダメ」

心許せる唯一の友に侍好きなどと思われたくはない。

確かに私は、天野の誤解を解くのに必死だった。けれど、それは本当に天野が友達だからという理由だけなのだろうか。自問していた時に天野から着信が入る。そんな事はないと分かっていながらも心を覗かれていたようなタイミングに一瞬、ドキリとしてしまう。

「天野か。いかがした」

通話を終えると、神様は狸に戻っていた。

「これから家に来るみたい。久しぶりにポコ侍に会いたいからって」

「男に会いに来られても嬉しくないでござる」

「断る？　晩ご飯作ってくれるらしいけど」

「それがしも天野に会いたいでござる」

「天野は私のペットであるポコ侍に会いに来るんだから、しゃべらないでね」

しゃべる化け狸に会いに来るわけではない。

「よかった。ご飯作る余力もないから助かる」

「それは助かったでござる」

「……それ、違う意味で言ってない？」

しばらくしてレジ袋を提げた天野がやってきた。

「床がピカピカしてる。前に来た時よりキレイになってない？」

「流石、お目が高い。今日は大掃除したんだよね」

「同居の神様が？」

「私もやったってば」

部屋に入った天野は早速、カゴの中で大人しくしている神様に歩み寄り頭を撫でる。

「ポコ侍って名前、誰が付けたの？」

「私だよ」

「神様じゃないんだ。で、彼は？」

そこにいます。とは言えない。

「えっと。銭湯に行くとか言ってたっけ。今日は遅くなるみたい」

「そうなんだ。あれから会わないから、もう銭湯通いやめたのかと思ってた」

接触を阻止してます。とは言えない。

「キッチン借りるよ」

持参したエプロンを身につけて料理に取り掛かる天野に、神様が期待の眼差しを向けている。

「手伝おうか、天野」

「邪魔するな、神谷」

「ですよね」

お茶の準備をしつつ、天野を見ながら料理を学ぼうと試みる。百聞は一見にしかずと言う。技は目で見て盗むもの。野菜やきのこを切る華麗な包丁さばきに、調味料を入れる迷いのない目分量。無理だ。百回見たって千回見たって盗めたものではない。

出来上がった具沢山の肉団子スープをテーブルに並べ、天野と二人で「いただきます」と手を合わせた。

「ポコ侍は本当に美味しそうに食べてくれるなぁ」

感心して呟く天野と私の間で神様は器用に箸を使い、食べやすいように切ってもらった肉団子をはふはふとしていた。

「んー。美味しい。お店で食べるのより美味しいかも。ご飯が進む」

「ペットは飼い主に似るって言うよな」

「お腹空かせといてよかった。おかわり！」

「僕は神谷のお母さんじゃないよ。自分でどうぞ」

昼もろくに食べず掃除に精を出していたお陰で、空っぽだったお腹には美味しい肉団子がいくらでも入っていく。ポコ侍も空になった皿を手に天野の服を引っ張っておかわりをねだった。

「ポコ侍もか。よく食べるな。作り甲斐があるよ」

とはいえ、胃にも意に反して限界がある。あまりの美味しさに箸が止まらず、気付けばお腹が苦しくなっていた。床に寝っ転がったポコ侍も同類だ。

「ごちそうさまでした。あー。もう食べれない」

先に箸を置いていた天野が食後のみかんを摘みながら、腹八分目って言葉を知ってる？と呆れたように笑った。

「食べ過ぎ。そんなに美味しかったか？」

「うん。幸せ。天野の料理は本当に美味しいよ。お母さんって呼びたい」

「それは嫌だな。だけど、そんなに言うなら毎日作ってもいいよ」

「いいなぁ。それ、夢みたい」

「夢じゃないよ。神谷が僕と結婚するならね」

「けっこん？」

談笑の空気が一変したのは、天野が眼鏡のズレを直したからだ。これは冗談抜きで話をする時の天野の癖である。

「神谷。僕と結婚しよう」

「……それ、なんの冗談？」

「冗談じゃない。本気」

「嘘でしょ？　急すぎない？」

「急じゃないよ。それじゃ、考えておいて」

天野が立ち上がる。

「ちょ、ちょっと待って。帰るの？　この状況で？　説明もなく？」

「プロポーズの真意はそのままストレートに考えてもらって間違いじゃない。これ以上話すとカッコつかなくなるから」

顔を真っ赤にした天野が立ち去ろうとした時だった。悲鳴にも似た短い異音が部屋中に響き渡り、何事かと静まり返る。

「あ。天野。ポコ侍のしっぽ踏んでる」

「うわっ！」

慌てて飛び退いた天野は蹲るポコ侍を抱き起した。

「ごめん。大丈夫か？」

「大丈夫ではない。千切れるかと思ったでござる」

神様がしゃべった瞬間。私は声にならない悲鳴を上げた。

「……か、神谷。ポコ侍から、聞き覚えのある声が――」

「ポコ侍ではない。それがし神様でござる」

「しゃべらないでって言ったのに！」

「尻尾を踏まれても黙るなど無理でござる」

固まる天野と私の間で、涙目になった神様は尻尾を抱えた。

時が止まったように誰もが静止していた中で、最初に動いたのは神様だった。

「こうなれば致し方あるまい」

先輩からもらったパキラの葉を一枚千切って戻ってきた神様は、天野の目の前で人間の姿になった。万事休す。これ以上は隠し通せない。赤から青へと顔色を変えた天野に、私は覚悟を決めて神様との出会いと同居の経緯を簡潔に話した。

「……つまり。神様がポコ侍、なのか？」

「うん。まぁ。そうなの。へへっ」

「いや。笑って誤魔化すなって」

神様は真面目な顔して話せる代物ではない事を御理解いただきたい。

「それならそうと言ってくれれば。どうして隠してたんだ」

「だって、言えるわけないじゃん」

「だから、どうしてだよ」

どこか寂しげな表情を浮かべて天野が詰め寄る。

「どうしてって…………。どうして？」

「それがしに聞くでない」

「神谷は、僕の事が信用できないのか？」

「そんなことないよ」

「お嬢。求婚の返事をしてやってはどうか」

「この混乱した空気を読んでくれないかな」

しかし神様は私の言葉を無視して続ける。

「考える時間などあればお嬢はまた誰も選べぬでござろう」

崇司さんや元カレ、それに天野。三人の男性に誘われた人生初のモテ期に、迷いに迷って結局は誰のところへも行けなかった日の事を掘り起こされる。

「あの時は、私に選ぶ権利なんてないと思ったから。でも、今は違うでしょ」

結婚となれば今後の人生を大きく左右する決断だ。しかも相手は天野である。

「天野は友達だって言ってるじゃん」

「本当にそう思っておるのか？」

「どういう意味？」

「それがしの銭湯行きを禁じてまで天野との密会を阻止したのは何故だ？」

「そんなの当たり前でしょ。神様の正体がバレたら大変じゃない」

思わぬ形でバレましたけど。

「天野に、また誤解をされるのを恐れておったのではないか」

「変な誤解されたくないって思うのは当然でしょ」

「あの日からお嬢は天野の話ばかりしておる」

「友達の話くらいするでしょ」

「時折、ぼうっとオルゴールを眺めたりもしておるな」

「自分の家だもん。ぼーっとしたりもするでしょ」

「本当は気付いておるのに素直になれぬのは、天野の気持ちが分からぬからではないのか？」

「うぐっ……」

やけに攻めてくる神様に言葉が詰まった。このまま言い返せずにいたら図星だと思われてしまう。何か言わなければ。…………あれ。どうしてだろう。何も言えない。

もしかして、これは図星なのか？

「あの。喧嘩？　は、やめようよ」

取り残されていた天野がおずおずと間に入る。

「もとはと言えば誰のせいよ？」

「誰のせいだと思っておるのだ」

「僕のせいです。わかってます」

カジュアルな皮の鞄から財布を取り出した天野は、それを神様に手渡した。

「アイスクリームを買ってきてもらえませんか。三人分」

もうお腹いっぱいなんですけど。異議を申し立てる前に神様が、承知した、と天野の財布を受け取った。

「体が冷えるといけないので肉まんも買ってください」

「流石は天野でござる」

息の合った二人のやり取りに茫然《ぼうぜん》としていた私は、気が付けば部屋で天野と二人きりで向き合っている現実に直面した。

「やだ。急に緊張してきた」

「神谷。やっぱりまだ帰れない。返事を聞かせて欲しい」

「そう、言われましてもですね……」

眼鏡のズレを直して真っすぐ見つめてくる天野から目を逸らす事が出来ない。

「一度しか言わないから、ちゃんと聞いて」

意を決したような言葉の圧に頷く。ごくりと思わず息を飲んだ音は聞こえてしまったと思う。

「神谷。君が好きだ」

「天野……」

赤くなった顔の眼鏡の奥が光っている。

「泣かないでよ」

「だから言っただろ。カッコつかないって」

「カッコなんかつけなくていいのに。天野らしくない」

「そうだな。歯にネギ付けてる女の子にカッコつけても仕方ないな」

「そういう事言っちゃうのは天野らしい」

お茶を口に含んだ私の目が、天野の後方にあるガラスのオルゴールに留まる。歪んで見えるのは、もらい泣きをしているせいだ。それなら、笑っているのは何故だろう。

嬉しいと感じたのは、何故だろう。

この部屋で結婚の報告をした兄も笑っていた。結婚指輪を買ったと話した兄は本当に幸せそうだった。いつか私もこんな顔をしてみたいと心のどこかで思っていた。

きっと人の数だけ幸せのカタチもある。私の幸せは、必ずしも焦がれるような恋愛の延長線上にあるとは限らないのかもしれない。正解も不正解も見当たらないのなら、今ではなくこの先にあるのかもしれない。

答えが知りたいのであれば先へ進むしか方法はないだろう。

◆

同居百七十八日目。天野のプロポーズから四カ月が経ち、私と神様の同居生活も板に付いて季節は春を迎えた。

「お嬢。勝負下着を出しておいたでござる」

神様にタンスを開けられても、もう気にならなくなっていた。

「そんなの必要ない」

「なにを申すか。これを穿いて身も心も引き締めるでござる」

「うーん。確かに引き締めた方がいいかも……」

　柔らかな日差しが降り注ぐ朝。ドレスアップをした私は、鏡の前に立って現実と向き合っていた。

「二の腕隠せるドレスにすればよかった。天野のご飯が美味しいせいで最近太ったかもしれない」

　あれから天野は、毎晩のように私のアパートに来ては晩御飯を作って一緒に食べている。

「天野はまるで通い妻でござるな。それにしても昨夜の浅蜊《あさり》飯《めし》は絶品であった」

「あれ。狸さんも、ちょっと太ったんじゃない？」

「それがし神様でござる。神は太りはせぬ」

　反論しつつも神様が鏡を覗き込んだ時、部屋にチャイムの音が鳴り響いた。

「天野が迎えに来たでござる」

「うん。それじゃ、行ってくるね」

　薄いコートを羽織って玄関のドアを開ける。ふと、振り返ってみると神様が小さな手を振っていた。今まで出かけていく私を見送ってくれた事などなかったのに。なんだか温かくて愛くるしいその姿に、天野と一緒になって手を振り返して家を出た。

タクシーに乗り込んだ私達が向かった先は都内のホテル。晴天吉日。本日はめでたい結婚式だ。

「天野。なんか緊張してない？」

礼服に身を包んだ天野の表情がやや硬い。

「そりゃ緊張するでしょ」

「どうしてお兄ちゃんの結婚式で天野が緊張するの？」

「神谷の両親に会うんだから当たり前だろ」

お兄ちゃんは、お嫁さんのためにも特別な日にしたいと意気込み、都内でも有数の高級ホテルでの挙式を決めた。そのため、遠い地元に根付いている本人は勿論、私の親、親戚も集結するこの機会に、私の婚約者として出席する天野を紹介することになっている。

私は天野のプロポーズを受け入れて婚約した。都内に住んでいる天野の両親には一度お会いしているが、天野が私の両親に会うのはこれが初めてになる。ホテルに到着するとガチガチに緊張していた天野だったが、宿泊している両親の部屋へ行くとそつなく挨拶をこなす。さすがは将来有望視されている営業マンである。

それから受付の準備をしていた私の従姉、布袋由利佳さんに天野を紹介した。

「兄妹揃って私より先にいくなんて」と、小言の一つや二つ言われる覚悟だったが、意外にも満面な笑みで祝福してくれた。由利佳さんには久しぶりに会うけれど、なんだか以前より印象が柔らかくなった気がする。

会場に入って間もなく、信也さんがやってくると女性陣が色めき立った。

「おめでとう神谷さん。天野、今日はしっかり学んでおけよ。今度はお前達だからな」

婚約と言っても結納や会社への報告などはせず、あくまでも本人同士の口約束に留まっているが、天野の要望で信也さんにだけは事を伝え、今では私たちの見守り役になっている。そんな信也さんが兄の友人であると知ったのは去年の冬。信也さんとラーメンを食べたランチ終わりに偶然、兄と遭遇した時だった。不意を衝く事実に驚いたが、女装をしていた兄にそんな趣味があったと発覚した事の方が衝撃的だった。

同じ親から生まれているのに私と違って美形の兄。ウェディングドレスも着こなせそうだが、タキシード姿はよく似合っている。

結婚ってなんだろう。私は最近になって、ふとそんなことを考えるようになっていた。『自ずと分かるであろう』と神様は言う。微笑みあう新郎新婦。二人を見ていると不透明だったその答えが見えてきそうな気がしたけれど、やっぱりよく分からない。

華やかな式と披露宴は終始、祝福ムードに包まれて幕を閉じた。

「神谷は、どんな式にしたい？」

ラウンジで余韻に浸っていると、天野が眼鏡のズレを直しながら問いかけてきた。

「そうだなぁ。今日みたいなのも素敵だよね。料理も最高に美味しいし。ポコ侍もきっと喜ぶと思う」

「神様呼ぶ前提なんだ」

「ダメなの？」

「まさか。でも、マヨネーズの持ち込みはダメだろうな」

「それは厳しいね」

いくらご馳走が並んでも、マヨネーズのないところに神様は来ないだろう。

「神社で神前式っていうのも、いいかも」

意外だと言わんばかりに首を傾げる天野に、私は続けた。

「神様なんていないって思ってたけど。それは違った。この世にはいるんだよ。神様」

そうだな。と、天野が笑う。

神社ではないけれど、私のアパートには神様が一匹住んでいる。マヨネーズと掃除が好きで、ただ一緒にいてくれるだけの神様が。

「天野。神谷さん」

名前を呼ばれて振り返ると、信也さんが歩み寄ってくるところだった。隣には由利佳さんもいる。

「あれ。信也さん、由利佳さんとも知り合いなんですか。さすが顔が広いですね」

「千尋ちゃん。実はこの人、私の同級生なのよ」

「……え？」

寝耳に水とはこの事を言うのだろう。お兄ちゃんの次は由利佳さんまでが信也さんの友達だったとは。

「天野。紹介する。俺の彼女」

『……え？』

再び驚きの声が漏れる。今度は天野も一緒だった。

「それから。俺、この人と結婚する」

『……えぇっ？』

三人の声がダブった。由利佳さんも一緒になって一驚している。

「俺は、そのつもりでいる」

口をぽかんと開けている由利佳さんに信也さんはさらりと言い放った。

「……鳥居君。それって、私にプロポーズしてる？」

頷く信也さんと、動揺する由利佳さん。言葉を失っている私と天野は、ただ二人の成り行きを見守るしかなかった。

「そんな大事な話。どうしてここで？」

「二人にも聞いてもらおうと思って。報告する手間、省けるだろ」

「私の従妹と、自分の部下の前で。普通するかな。断られたらカッコ悪いとか思わないの？」

「断られるとは思ってないから」

「随分な自信ね」

余裕の笑みを浮かべる信也さんに由利佳さんが吹き出す。

「一応聞くけど、返事は？」

信也さんの問いに、由利佳さんは笑顔のまま頷いた。

「天野。神谷さん。そういう事だから」

怒涛《どとう》の急展開に息を飲んだが、私は思わず天野と手を取り合って歓喜にわいた。感極まって涙が出そうなのを堪えていたら鼻水が出てしまい、天野が差し出してくれたハンカチで遠慮なく洟をかんだ。

幸せな気持ちが止まる事なく膨らんでいく。とても私一人の体には収まりきらないこの喜びを、分かち合える人が傍にいて良かった。それが天野で良かった。

結婚とはなにか。まだ未婚である私には分からないけれど、結婚する理由なら分かっている。私は、これからも天野と一緒に色んな気持ちを分かち合っていきたいのだ。

神様。最悪な誕生日に泣いて助けを求めていたあの時の私と、今の私を比べてみて。笑っちゃうほど別人でしょ。今日は話したい事がたくさんある。美味しいお土産たくさん持って帰るから、マヨネーズ抱えて待っててね。

数人の男女が談笑している休憩室に、アルバイト従業員の男が入ってきた。

「お疲れ。なんか今日調子悪いの？」

一人の女が心配そうに、男に声を掛けた。

「いや。実は今日の式に、昔好きだった人がいて」

「そうなの？」

他の男女も、男の話に食いついた。

「コンビニでバイトしてた時の常連さんだったんだ」

「もしかして、あの美人の新婦さんか？」

「違う。新郎の妹。見るのはコンビニ辞めて以来だけど、なんか前より可愛くなってて、ますます俺のタイプ」

「すげぇ。運命ってやつじゃねーの？　告ってけよ」

盛り上がるオーディエンスに、男はゆっくりと首を横に振る。

「隣に婚約者がいた。めっちゃ幸せそうだったから、それはそれで良かったけど」

「……さて。まだ片づけあるし。そろそろ行くか」

「まぁ、そう落ち込むなって。終わったら飲み行く？　付き合ってやるから」

「元気だしてね」

男女はぞろぞろと立ち上がり、男を置いて部屋を出ていった。

「俺、未成年だし」

一人残された元コンビニ店員は大きなため息をこぼして壁に凭れかかった。

「ここにも無いのかマヨネーズは」

「チョコもないなら用はありんせん」

「……あれ。まだ誰かいるの？」

顔を上げた男が辺りを見回す。しかし他には誰もいない。

「確かに声が聞こえたんだけど……なんか視線も感じるし……」

　みるみる青ざめていく元コンビニ店員の目が、長椅子の下にいる狸とビーバーを捉えた。

「……いるわけないものまで見える。嘘だろ。お祓い行ったのに効いてないし！」

　元コンビニ店員は悲鳴を上げて、逃げるように部屋を出ていった。

「そいで。これからどうするので。山の神殿？」

「お嬢はもう助けを必要としておらぬのでな。二人の邪魔をしては料理上手な天野に鍋にされかねん。川の神よ。おぬしはどうするのでござるか？」

「二人の赤い糸は固く結びつけておきんした。わちきも、そろそろ行くでありんす」

「縁結びの神も、これで文句はあるまい。さらばだ川の神」

「縁が続けば、またどこかで。山の神殿」

　狸とビーバーは次第に薄まっていき、溶け込むようにしてその姿を消していった。

あとがき

はじめまして。鈴森丹子《すずもりあかね》です。「たんこ」じゃないです。「あかね」です。読めないよっていうツッコミはもう頂戴済みなのでご勘弁ください。

このたびは、数ある本の中から拙著『おかえりの神様』をお手に取ってくださりありがとうございます。

最初は二十ページにも満たない短編だったこの物語ですが、長編にする機会をいただきましてこの度一冊の本にすることが出来ました。恋に悩む四人の男女に神様が寄り添う。しかし、神様は彼らのそばに居るだけで神様らしいことは何もしません。

私が書きたいと思ったものはまさにそんな「何もしない神様」でした。どんな悩みも魔法みたいにパパッと解決してくれたら、それはそれでありがたい事ですが、神谷天野　鳥居　布袋の四人が本当に欲していたものは「悩み苦しむ自分のそばに居てくれる誰か」だったんだと思います。「そばにはいるけど何もしない」なんて言うと手抜きみたいですが、実は一番してあげることの難しい優しさかもしれません。

それにしても。たしか私は大人の恋愛を描いた純愛小説を目指していたはず……。

気付けばマヨネーズとチョコレートが主役級で登場する作品になっていましたが、読者様に少しでも楽しんでいただけたら幸いです。

ここからは謝辞になります。

応援してくれる家族さま。勇気と元気を与えてくれる心のライバル、モン太さま。面白い本をたくさん貸してくれる心の友、大久保《おおくぼ》さま。いつもありがとうございます。イラストを描いてくださった梨々子《りりこ》さま。パパになる明るいニュースと、花粉症の大先輩としてアドバイスを教えてくださいましたお二人の担当編集者さまをはじめ、本の制作に携わってくださいました方々に感謝いたします。

そして、この本をお手に取ってくださいましたあなたさま。改めまして、ありがとうございました。

鈴森丹子　著作リスト

おかえりの神様（メディアワークス文庫）

〈初出〉
同居の神様／電撃文庫MAGAZINE Vol.50
文庫収録にあたり、加筆・訂正しています。
〈書き下ろし〉
銭湯の神様
晩酌の神様
甘味の神様
続・同居の神様

メディアワークス文庫

おかえりの神様《かみさま》

鈴《すず》森《もり》丹《あか》子《ね》

発行　2016年6月25日　初版発行

発行者　塚田正晃
発行所　株式会社KADOKAWA
〒102-8177　東京都千代田区富士見2-13-3
プロデュース　アスキー・メディアワークス
〒102-8584　東京都千代田区富士見1-8-19
電話03-5216-8399（編集）
電話03-3238-1854（営業）
装丁者　渡辺宏一（有限会社ニイナナニイゴオ）
印刷・製本　加藤製版印刷株式会社

ISBN978-4-04-892189-3 C0193

メディアワークス文庫　http://mwbunko.com/
株式会社KADOKAWA　http://www.kadokawa.co.jp/

本書に対するご意見、ご感想をお寄せください。

あて先
〒102-8584　東京都千代田区富士見1-8-19　アスキー・メディアワークス
メディアワークス文庫編集部
「鈴森丹子先生」係

◇◇メディアワークス文庫

刑事と怪物―ヴィクトリア朝臓器奇譚―

佐野しなの

19世紀ロンドンでは、異能を持つ怪物（スナーク）達が起こす奇妙な事件が巷を賑わせていた。熱血の新人刑事アッシュは、あるスナークとコンビを組むことを命令される。だが正反対の冷めた性格の相手はひどく非協力的で――!?

さ-2-2

441

京都骨董ふしぎ夜話《やわ》

獅子ししゃも

京都の一角に佇む「桃枝骨董店」。三代目店主と使用人の天草がいるこの店には、毎日ふしぎな〝ご縁〟が品物と共に舞い込んでくる。京都に春が訪れたある日。高校を卒業した孫娘・光が7年ぶりに帰京してきたことで……。

し-5-1

406

京都骨董ふしぎ夜話《やわ》2

獅子ししゃも

祇園に佇む桃枝骨董店には、今日も〝ふしぎなご縁〟が舞い込んでくる。竹香る京都の初夏。大学生になった光お嬢さんに初恋の予感!? 浮き足だつ使用人・天草のもとへ、光が連れてきたのは〝鬼〟の気配を纏った鹿のブローチで……。

し-5-2

442

神さまは五線譜の隙間に

瀬那和章

依頼人が望む「音」を作り上げるために奮闘し、ときにピアノと音に隠された謎を解き明かす天才調律師・時子と助手のワン太。彼女の調律が終わり、ピアノに神さまがおりた瞬間、依頼人たちの心に小さな奇跡が訪れる――。

せ-1-4

443

下宿屋シェフのふるさとごはん

樹のえる

フレンチレストランのシェフ・龍之介は、ひょんなことから大阪の下宿屋で大家をすることになる。渾身のフランス料理に見向きもしない下宿の大学生たちに、なんとか「うまい！」と言わせようと――。

い-4-6

444

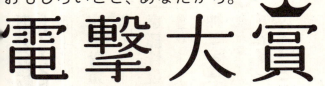